『こんな日本人は嫌だシリーズ⑤』
◎卒業しても大学の部活に顔を出していばる。
◎やっぱり上の人は下の奴にもうちょっと意見すべきでは…

『こんな日本人は嫌だシリーズ⑥』
◎モーニング娘の名前を全員言える。
※先日ピカソ展をみに行ったので今回はキュビスムです。

『こんな日本人は嫌だシリーズ⑨』
◎番長だった思い出を30代までひきずってる。
◎下半身の貧弱さがイタイタしい…
©matsuo

嫌だシリーズ⑦』
てろうて
とが起こるらしい。
◎そんな大変な事態において
想像上の恋人のキスを待つ彼の
よゆうが嫌だ。
©matsuo.

『こんな日本人とパリへ行こうシリーズ③』
ゲルハルト・シュテンクマイヤー
38才。
古典教師
なかなかオシャレを理解されないので、とりあえず日本人でないのが悩み。独身。
©MATSUO.

◎津山エリナ17才
コギャル歴2年。そろそろ援交も卒業かなーと思う。
『こんな日本人とパリに行こう②』
©MATSUO

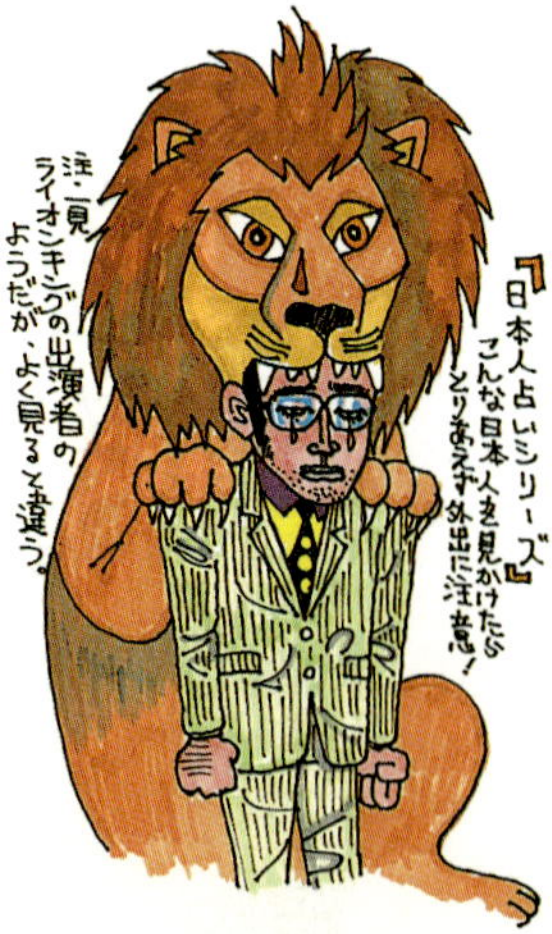
『日本人占いシリーズ』
こんな日本人を見かけたらとりあえず外出に注意！
注・一見ライオンキングの出演者のようだが、よく見ると違う。

ギョオーッ
ドドドドドー…
『シリーズ・日本人占《うらな》い』
◎町でこんな日本人を見かけたら、今週のあなたの恋愛運は吉♥クヨクヨしてないでアタックアタック!!
©M&tsuo

がんばれ日本人!
がんばれ吸いこめ。
祖先の霊を。
供養もかねてすいこめ!
えいっ!!
ヒュウオーン。。

がんばれ日本人!
がんばれ!
ひきしめろ、
猿を!日本人!!
夜明けは近いぞ、ひきしめろ!
キーッ
©matsuo

演説してたんだよね。交差点の真中で。
太ったおばさんが。ノーブラで。
ホッとしたんだよね。
ああ…こういう人って、
やっぱノーブラだよねって…
守ってほしくないもんね。
まつを
がんばれ日本人
マート
Uマート

☆日本人のここに注意!!
赤塚不二夫のキャラクター好り、
なかなかに趣味はよろしいが
ダメ教授は古谷三敏の作
なので注意注意。
ニャロメ
©matsuo

求む
こーゆー
日本人!
またもや前回のは忘れて…
★急募!!
髪型とワルサーP38が
鶴のヒナの
「ルパン
三世」
必要・
経験
帽子が食パン(しかも一きん)
の次元大介も
同時募集!!
©matsuo

求む!!
こういった日本人
©matsuo
求む!
ファンシー感とリストラ感を
同時にかもし出してらる方。
なんとなく山藤章二っぽい人
優遇。

400枚集めよう!!
新シリーズ
『隣の日本人君』キャラクター図鑑
①たまずらし先生
主人公「日本」君の
学校の担任。いつも玉を
ずらしているので
このアダ名に。
いまだに独身45才。
本名。天海祐希。あの元宝塚スターとは
同姓同名だが無関係。知る人ぞ知る
ガンマニアで、逮捕歴あり。名古屋章。
モソモソ
©matsuo

働け働け!日本人!③
だっけか
エイ!!
スカッ
仁山良江(31)
雑なつくりの酔っぱらいサラリーマンの
首をアエラの表紙ではねる。一日十時間。
コピーライターの
地位を投げうっての
転職。悔いはない。
AERA
©matsuo

『シリーズ・やっぱり猫が危機』
タ…タスケ…
ゴォーーッ!!
7:3分号にのって宇宙へと去る猫の気持ち。わかるか!?
©MATSUO.

『新シリーズ・こんな日本人もありだ①』
◎山下悟。32才
アパレルメーカー勤務
シャイな反面、宴会の席では発破するなどの積極性ももち合せている。

『シリーズ やっぱり猫が危機』
た…たすけ…
©matsuo.

タス…ケ…
ネムイヤ…
よっ!!
『シリーズ やっぱり猫が危機』
©MATSUO.

今週街で見かけたオシャレさん
左右にベルトで固定されたイカにロックのスピリッツを感じます。
※臭いに気をつけて
©Matsuo

ワッ
今週町で見かけたオシャレさん
地味なコーデュロイのスーツの上に勝負下着をつけて勝負を
通行人にいどむ休日。
心いきの現われたオシャレさんです。
©matsuo.

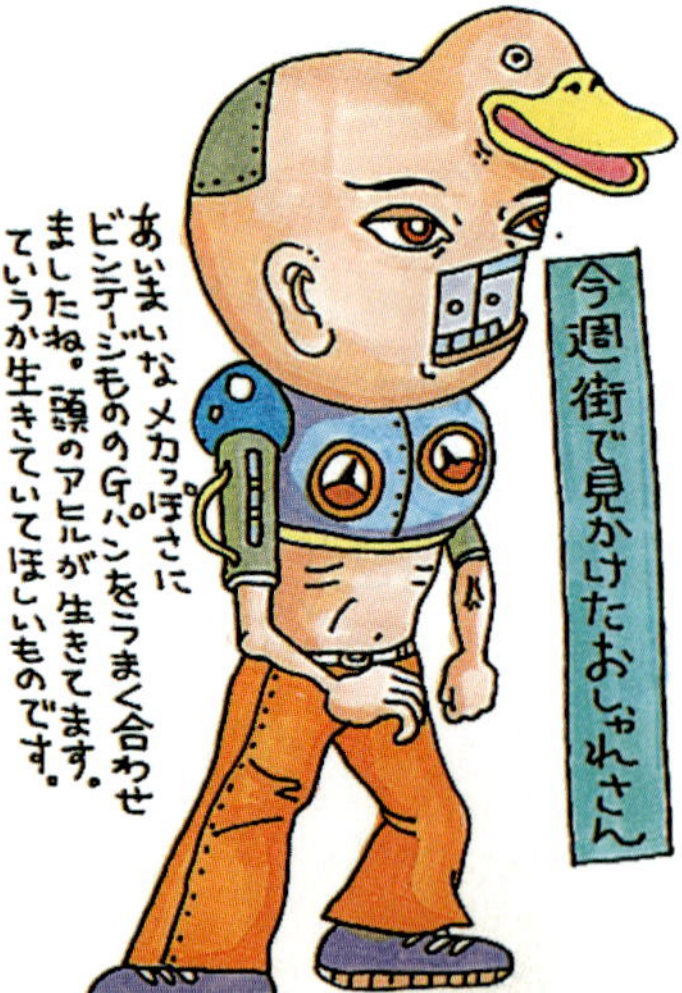
今週街で見かけたおしゃれさん
あいまいなメカっぽさにビンテージものGパンをうまく合わせましたね。頭のアヒルが生きてますっていうか生きていてほしいものです。
©matsuo

ギャーッ
今週町で見かけたおしゃれさん
※なで肩の体型を左手にはさんだ上司でうまくカバーしています。死なないてい度にはさみましょうね♡
ギャー
©matsuo

今週街で見かけたオシャレさん
自分の名前のタトゥーが自分らしさを演出していますね。
でも、魚はエラ呼吸なので、早く川に返して下さいね。
カメイ
カメイ
©matsuo

今週街で見つけたおしゃれさん
空調を取り付けに行く時ですら耳元に河童のミイラを忘れないオシャレ魂、見ならいたいものですネ!
©matsuo

みなさんお世話になりました
いよいよカウントダウンです
ひっさしぶりのイラストです。

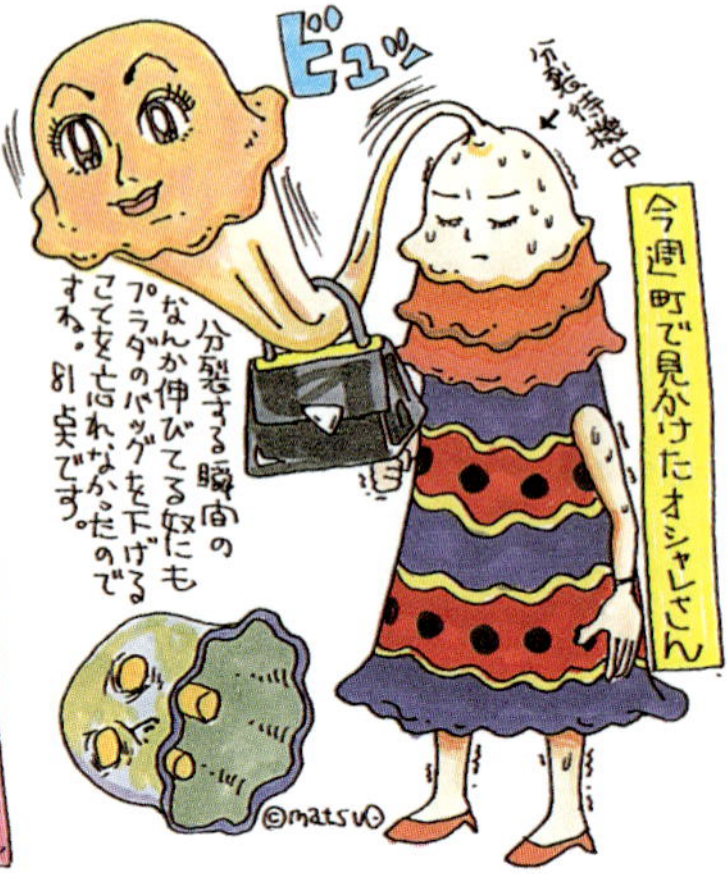
ビュッ
分裂待機中
今週町で見かけたオシャレさん
分裂する瞬間のなんか伸びてる奴にもプラダのバッグを下げることを忘れなかったのですね。81点です。
©matsuo

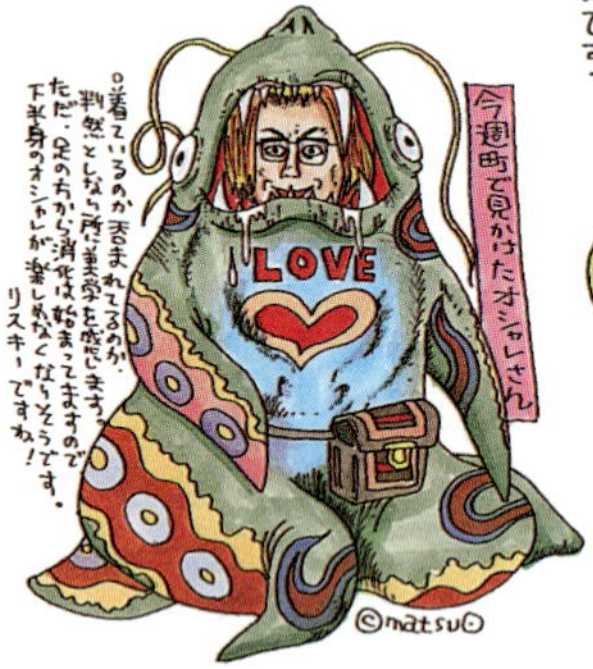
今週町で見かけたオシャレさん
○着ているのか呑まれてるのか、判然としない所に美学を感じます。ただ、足の方から消化は始まってますので下半身のオシャレが楽しめなくなりそうです。リスキーですね！
LOVE
©matsuo

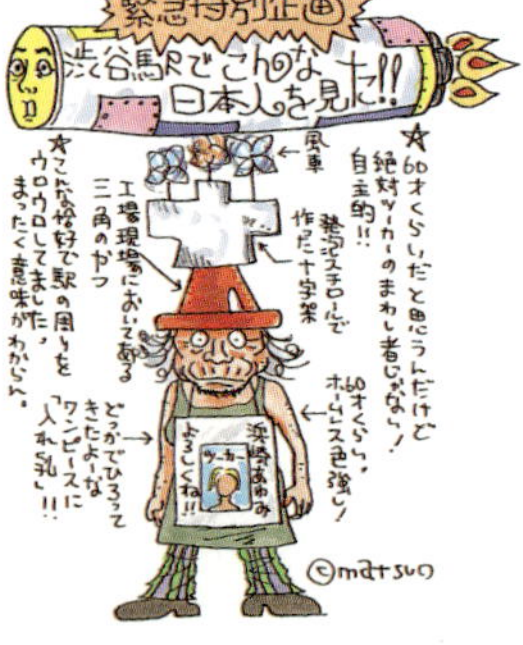
緊急特別企画
渋谷駅でこんな日本人を見た!!
☆60才くらいだと思うんだけど絶対ツーカーのまわし者じゃないなら！自主的!!
風車
発泡スチロールで作った十字架
工場現場においてある三角のヤツ
60才くらい。ホームレス色強し！
浜崎あゆみ よろしくね!!
ツーカー
どっかでひろってきたよーなワンピースに「入れ乳」!!
☆こんな格好で駅の周りをウロウロしてました。まったく意味がわからん。
©matsuo

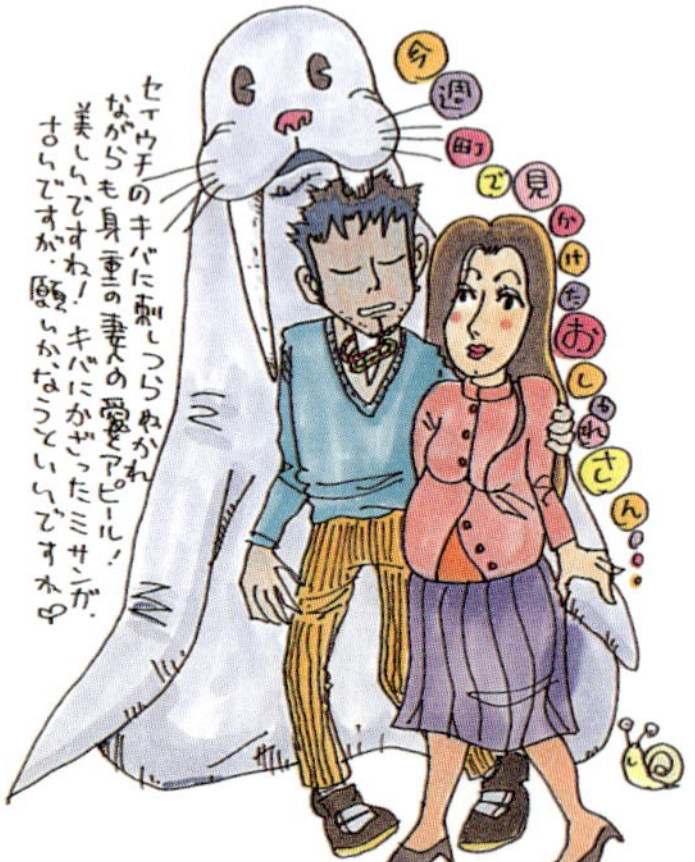
今週町で見かけたおしゃれさん…
セイウチのキバに刺しつらぬかれながらも身重の妻への愛をアピール！美しいですね！キバにかざったミサンガ、さらですが、願いかなうといいですね♡

光文社知恵の森文庫

松尾スズキ

これぞ日本の日本人

光文社

これぞ日本の日本人　目次

これぞ日本の日本人

日本人ならハフハフするな

連載開始早々ぼやく私を許してほしい。

ちょっと前、西田敏行が鍋囲んでるCMがあったじゃないですか。あん時に口の中の「何かわからないけど白いの」が、彼がハフハフするたび出たり隠れたり出たり隠れたりしていたのを、覚えておられるだろうか。

あの「白いの」。

「白いの」が憎い。

いったいいつから日本のテレビは「デブの中年男子が口の中で噛んでる物」を公共の電波に乗っけていいことになったのであろうか。いや、何も今さらあんな古いCMの批評をしようっていうんじゃない。

食欲に対する恥じらい感。

そういったものをもういっぺん思い出そうよ日本人さんよ。という話なのである。

どうも私にはあの西田敏行がハフハフと口の中の物を自慢げに見せるっていうビジュアルが「テレビ的にあり」という状況が、人間の食欲というものが誇らしいものであるかのような錯覚に日本中が囚《とら》われているという現在のていたらくの象徴であるような気がしてならないのだ。

性欲しかり排泄欲しかり睡眠欲しかり。欲というものに人は恥じらいを覚え、だからこそ、我々は道端でセックスしないしウンコもしないし、特別な事情がないかぎり寝たりもしない訳であって、それが人間特有の美徳〝慎み〟というものでしょ。

なぜ食う時だけ大らかにいばる。

昔、クラスに一人はいた教科書で弁当を隠しながら食べている生徒をたまには懐かしんでみる。グルメだなんだとしゃらくさい現代こそ、そういう繊細さが必要なのではないか。我々は笑いながらハムをナイフでそいで食べるような豪快さが売りの民族ではないのである。小川に笹舟を流し、記念写真を三人で撮ると真ん中に入るのを嫌がり、コーラを飲むと下痢をする、よくわからんがそういうのが似合う民族だったはずである。

例えば、私の親戚の女の子は食いしん坊でデブだが、決して「あれ食べたい、これ食べたい」とか、食欲をダイレクトに表現しない。「あの刺身に興味がある」「最近、カレーが気になる」。そういう、なんというか回りくどい言い方をするのである。バカなのかもしれないが、その回りくどい慎み深さが、我が民族として頼もしくもいとおしいではないか。

とりあえず日本人ならハフハフ禁止。ついでになんだかわからないが屋根の上でバイオリンを弾くのも禁止。
そう訴えたい私なのである。

編集部注（以下編注）・西田敏行はミツカン『味ぽん』のCMに一九九〇〜二〇〇〇年出演。

「イエーイ」の在り方

外タレのコンサートに行くと激しく切なくいたたまれない気持ちにされることがある。
日本人観客どもの「イエーイ」にである。

外タレ「(早口) ギャナシャナエビバデサンバデロクンロールOKジェイパーン！(何か知らんがこういうふうに聞こえる)」
日本人「イエーイ！」
外タレ「(早口) シェヴナレステイナレベリベリスパウデドレイションズオーライ？(わからんが何か我々に聞いてるに違いない)」
日本人「イエーイ！」
外タレ「アジノモト」
日本人「(爆笑しつつ) イエーイ！」

バカか。
外人！　日本に来たら日本語喋れ！　そして俺らも適当に「イエーイ！」言うな！
以前、テレビを観ていたら有名な外人のＤＪのクラブイベントを中継してて、そしたら始まってすぐにDJが客に向かって何か叫ぶんですな「☆●#&＊§※！」。それ聞いた日本人クラバーども間髪《かんはつ》いれずに「イエーイ！」。

切なかった。DJは「機械の調子が悪いから今日はのらねえ。帰るわ俺。は！　日本のバカ機械！」。

そう叫んでいたのである。

いえーい……。

震えた。恥ずかしさのあまり。個人的に？　いや日本国として、日本国土として、震えた。青森あたりがわなわなと震えた。

そもそもいつ頃から日本人は「イエーイ」を口にするようになったのだろうか。「イエス」これはわかろう。「イエース」これも渋々わかるとしよう。しかし「ス」が「イ」に変わった瞬間、日本人は何かの魔境に踏み込んだ。そんな気がする私なのだ。誰が最初に言い始めたか。ま、それを突き止めるのは「バイビー」とか「おげんこ？」とかを最初に言った奴を突き止めるのと同じで不可能に近い。いずれにせよ私には何を言ってるのかわからない外タレに向かって「イエーイ」と叫ぶ神経の持ち合わせはないし叫ぶならいちいち辞書引いて納得してから叫びたい。

しかし、しかしだ。こうも言えるのである。

日本に来ておきながら牧歌的なまでに大らかに英語で話しかけまくる外タレに進んで自ら「なめられましょう」という心意気。それは外タレの「なめてやろう」という攻撃的な姿勢よりも、一歩成熟したスタンスなのではなかろうか。そういえば昔から日本の外交政策というものは、「なめられてもニヤニヤしましょう」「なめられつつ隙見て得しましょう」みたいなものではなかったか。

そう考えると若者たちの「イエーイ」こそ、日本の日本人たる外タレへの正しい接し方なのかもしれないと思えてくるのである。

しかし、なめられっぱなしではちと悔しい。たまには「ノー」とも叫べる日本人でありたいじゃないか。

そこで私は「ノー」とも「イエーイ」ともとれる曖昧な言葉「ヌォエーイ」を提唱したい。

是非とも外タレのライブで皆さん叫び広めてほしいのである。

「ヌォエーイ！」

だめか？　流行《はや》らんか？　発音しづらいか？

人はなぜソバを食いにいってカレーを食ってしまうのか一九九九

日本がなーんかダメなことになっている隙をついてのっけから物凄いことを言うが、私は真実の探求者である。

「しんじつのたんきゅうしゃ……」

実際言ってみるとその口当たりの物凄さが想像より激しすぎて清々《すがすが》しいほど動揺している。なんか発注した小道具が本番ギリギリに予定より五倍の大きさで届いてしまったみたいな。えっ？　こんなの舞台袖に入り切れませんみたいな、そんな感じだ。撤回したいが、私がどんな小さな日常の出来事の中にも真実を見いだしたいクチであることは隠せない事実である。

では日常の真実とは何か。言うまでもないが日常というものはドラマと最も遠いところにあるはずだ。例えばドラマの中の登場人物が「ちょっとソバ食ってくる」と言って家を出た場合、十中八九彼は次のシーンでソバを食っている。当たり前だ。次のシーンでハンバーグを食べていたら何のために「ソバ」とふったのかわからない。ましてや薬局で南天のど飴を買ってたらどうか。「食ってくる」と言ったくせに「ああ、いい湯だ」なんてお風呂に肩まで浸《つ》かってたら。おいこら！　腹減ってたんじゃないのか？　と。あるいは初めての機械編みにチャレンジしていたら（言っててわからんが）。とにかく視聴者はパニックに陥るのである。脚本家は即刻くびになるのである。

　しかし、実際のところ現実の我々はどうか。「ソバを食ってくる」と言っておいて本当にソバを食って帰る人間なんてほんの一握りのエリートである。いや、エリートかどうかはわからないが五十％にも満たないのではないか。我々の心は常に所々の事情のノイズに影響されていて、気分は常にコロコロ変わる。

　私自身もいつもソバ屋では様々な精神的試練と戦っている。ソバは食べたい。が、戸惑うのはソバというもののあの中途半端なボリュームである。腹持ちもよろしくない。あの量と空腹との折り合いをどうつけよう。かといって大盛りを頼むのは「食ってて飽きるのではないか」との不安がある。セットを注文するという手もある。ソバカレーセット九百円也。だが、私はどちらかというと小食なタチだ。セットを頼んでおいて食べきれない。男子として非常に屈辱的な瞬間を恐れるのである。とりあえずソバを食って、足りなかったら家でパンを食うか。いや、それでは飯の印象がパンで終わって味気ない。じゃ、パンを食っておいて、ソバでしめるか。しかしその場合パンを食った時点でほぼ満足してしまうという危険が生じる。油断は禁物だ。

うーん、だったらもうカレーでいいや。

こんな按配《あんばい》で私が「ソバを食おう」とソバ屋に入ってカレーを食ってしまう確率は実に七十%にも及ぶのだ。これは恐るべき数字である。

どうだろう。どうも私はソバを食いにいってカレーを食うというチマチマしたドラマにもならないドラマの中に、人間の真実というものが鋭く潜んでいるのではないかと思えてならない。だが、そんなもん多分気のせいだろうという謙虚さも決して忘れてはいない私でもある。

ひらひらひかる

　おごり方はなかなかに難しい。

「俺が払う」

　単身上京早十年。飲みの席などでそういうおこがましいことを人前で赤面もせず発言せねばならない年頃に、私はなりつつある。

　いや確かに気持ちのいい言葉ではある。

「俺が払う」

　飲みの席だけではない。よく晴れた清々《すがすが》しい朝、小鳥たちは恋を歌いそしてどこかで平和の鐘が鳴り響いているそんな日の、抜けるような青空に向かって叫んでみてほしい。

「俺が払う」

　これほど気持ちのいい朝はないのではなかろうか。リストラや不景気に悩みうつうつとした日々を送るサラリーマンの皆さんは是非とも試してみてほしい。ついでに「俺がブレイクする」とか「俺が増える」とかも別の意味で気持ちよさそうだがどうだろう。どうだろうかと言われても皆さんは困るばかりだ。

しかし、なかなか「俺が払う」までの道程《みちのり》は長い。「俺が払う」ことの尊大さに人間の器が追いつくには時間が必要である。

三十代前半では「俺が払っときます」がいいとこだし、ましてや二十代では「払わせてください」がせいぜいで、基本的に自分のおごりの時は「敬語で」を貫いてきた私だ。人におごる立場というものは気持ちいいことであり、気持ちいいことをさせていただいているのだから、おごる人間はおごるからといって決しておごってはいけないと、常々思っている。ついに三十代後半となった訳だが、どんなに懐があったかい時も、おごる瞬間だけはその戒めに酔いが醒める。

それに何しろ今までの貧乏人生のうち「おごられる立場」の時間の方が「おごる立場」の時間をまだまだうわまわっている訳であって、おごり慣れてない人間の「俺が払う」は緊張で声がうわずったり「俺がらう」とかセリフかんじゃったりもして、まだまだ油断のならない空気をはらんでいるのである。

しかし、おごり慣れるのはともかくおごられ慣れるのはいただけない。どんなに食事を共にする相手が経済的強者であっても、勘定の時はとりあえず財布をポケットから出して見せる、くらいの節度は身につけておきたい。

「ぼ、僕も少し払います」と千円札を頭の上でヒラヒラさせればさらに「節度二十%アップ」だ。

テーブル中の経済的弱者が「僕も僕も」と一斉に千円札をヒラヒラ光らせる中、強者の一言がうわずりながらも苦みばしる。

「いや。俺が払う」

それが日本の正しい「おごりおごられ方」ではなかろうか。

病院は申し訳ない

この間私は転んで激しく突き指をし、ほっておいたら腫れもひどく生姜《しようが》のようないびつな形になってくるのでついに病院に行った。

病院は申し訳ない。

いやもっと親切に言おう。基本的に「病人が申し訳なさそうにしていなければならない感じ」。そういうムードに病院は満ちている。

まず「初診」というのがいけない。「すいません」と看護婦の顔色を窺《うかが》いつつおずおずと保険証を出す瞬間、初めての高級寿司屋に入るような「後輩感」というか「新人感」に背筋が丸くなる。そして最近はどこもそうだが質問用紙を渡され「諸症状」やら「アレルギーの有無」やら「家族の中に病気の人は？」やら細かく書き込んでいるうちに、なんというか医者に会う前におまえ「ちゃんとした病人」としての下地を整えとけよと、因果を含まれているような心持ちになる。「会った時におまえちょっとでも健康だったら只《ただ》じゃおかねえぞ」と値踏みされてるみたいな。あと困るのは「過去大きな病気をしたことは？」という質問である。病気の大きさの基準とは何か。例えばイボ痔は大変な苦痛を伴う病気だが、イボ痔そのものはとても小さい。確か三歳の頃風邪シロップを飲みすぎ「それはもう大変なことになった」と母に聞かされたことがあったが、何がどう大変だったのかはよくわからない。そういうのはどうしたもんだろう。「病気の大きさ」について一度も考えたことのない自分が申し訳なく、胸をはれるような病気はございませんと弱々しく「なし」に丸をつける私なのである。

病院に対する申し訳なさは病院自体のでかさに比例するとも思う。

その時は仕事場所の関係上小さな外科が近くになくやむなく総合病院に行ったのだが、行って五分で後悔の念が押し寄せた。患者の多い病院の受付には番号札というものがあり、我々はそれをもらった瞬間から「数字」で呼ばれることになる。囚人と同じだ。そして看護婦の人たちの呼び出しアナウンスには独特な聞き取りづらい平板なイントネーションがあり、うっかりすると聞き逃してしまうのではないかという気持ちでドキドキ耳をすますうち、自分がどんどんちっぽけな存在になっていくのがわかる。呼び出しを待つ時間の長さの不安に、あの「細かい質問用紙」「数字呼び」「平板なアナウンス」というフォーメーション、あれはもしかしたら患者を「小物」にするための巧妙なシステムなのかもしれないとすら思えてくる。あまりにも待ちが長いと自分の番号を聞いた瞬間「ありがとうございます！」と敬礼してしまうほどの小物に、患者というものは成り下がるものだ。

さらに大きな病院の「診察システム」と建物そのものの複雑さが患者をより「理想の小物」に仕立て上げる。「それではそこの内科の右のエレベーターで三階A棟の第二外科室の受付に行ってください」。道順を頭の中で復唱しながらやっと第二外科室に辿《たど》り着き、二十分待たされて医者に会うなり十秒で「じゃまずレントゲンを見ましょう」ということになって、看護婦が何か私にはわからない書類を渡す。「向かいの渡り廊下を左に曲がってエレベーターに乗り、C棟地下二階の売店を右に曲がった所の第三レントゲン室にこれを提出してください」。方向音痴の私は、道に迷いつつやっとの思いで指のレントゲンを貰い、外科室の受付に戻ってなぜか三十分も待たされた挙げ句、医者にこう言われるのである。「これは、うーん、整形外科の方に行ったほうがいいね。整形外科はB棟だから、この（やはり何だかわからない）書類持ってそこ出て右手奥の手術室左、エレベーターで……」「はい……ええ、……はい」。こうして私はすでに突き指以上の小さな小さな存在になってその大病院を一時間半もうろうろしたのであった。

編注・「看護婦・士」は二〇〇二年三月に、男女とも「看護師」と名称が統一された。

そばうどーん

久々に舌打ちをされた。

駅のごみ箱とかで拾ってきた雑誌を山積みにして百円とかで売ってる屋台。そこで何げにマンガ誌を一めくりしただけなのである。

「商売になんねえ」

店の主人はこちらを一瞥《いちべつ》もせずに、年季の入ったもう舌打ち以上でも以下でもない絶対音感みたいなジャストミートな舌打ちを披露したのだった。何も拾ってきた雑誌ごときでそこまでも、とは思ったがとくに腹も立たない。

人が強制的にぞんざいな存在にならざるをえない場所というものは確かにある。

回転寿司屋、牛丼屋、百円ショップ、立ち食いそば屋、そういった何となくぞんざいな場所では、我々は人間の尊厳みたいなものから無理矢理解放されてしまうのである。たとえネルソン・マンデラのような偉い人でも、一歩回転寿司屋に立ち入れば「はーい。流れてないのあったら言ってねーん」といったぞんざいな物言いに甘んじなければならない。

「ジャ、イカクダサーイ」

「イカ？　そこ流れてるよ。ちゃんと見てねーん」

ねーん。それが嫌なら寿司が回る店にマンデラは行かない。それ以前にマンデラは遠い異国で寿司が回っていることなど知る由もない。

マンデラはともかく、逆に言えば、気高さやプライドみたいなものがはぎとられ、舌打ちや「ねーん」でかたづけられてしまうシンプルな自分というものを確認するために、我々はそのような場所に出向くのかもしれない。そんな自己の本質的ちっぽけさから目を背ける者を、むしろ私はなんだかなと思う。

しかし。しかしである。

私は目撃してしまったのである。そういったぞんざいでどうでもいい場所で、なおも気高くあろうとする不屈な精神を。

その日私は昼食をちゃんととる暇がなく暑くてやだなあと思いつつ駅前の立ち食いそば屋に飛び込んだ。「たぬき」の食券を買うと若い女子店員が間髪《かんはつ》いれずに叫ぶ。「はい。そばうどーん？」。立ち食いそば屋で「そばうどーん？」。当たり前の光景である。

ところが突然店の喧騒を破る若い女の叫びでその当たり前が突き崩されたのである。

「なんだよ？　そばうどんって？　それが金貰ってる接客業の態度かよ！　そばうどん？　バカか。『そばですか？　うどんですか？』だろ？　失格だよ。サービス業なんてやめちまえ。心がない。むいてないよあんたら！」

静寂の中、女は食券をカウンターに叩きつけると颯爽《さっそう》と店を出ていった。

革命だあ！　我々はついに立ち食いそば屋における不当な扱いから立ち上がる時が来たのだ。客たちは一斉に箸を置き顔を上げた。

しかし次の瞬間我々はこうも思うのである。

「何も立ち食いそば屋でそこまで気高くなくてもいいだろうに」

そして再びいつもの喧騒が訪れ、我々はうつむき黙々とうどんをたぐり始めるのだった。

おめおめと

おめおめと。

そう、おめおめと生きることはこの国では難しい。

以前映画『タイタニック』の試写に行った時、パンフレットを読んで日本人の只一人の乗客が細野晴臣氏のおじいちゃんだと書いてあってちょっと驚いた。それよりも驚いたのが、おじいちゃんが数少ない生還者として帰国した際、少なからぬ非難を浴びて肩身の狭い思いをしたというくだりである。

そう。あれだけの人間が死んだのに、おめおめと生きて帰ってきたからである。

生きてたんだから普通美談じゃないのかいこれ、彼が生きて帰ったからめぐりめぐってのちに『ハイスクールララバイ』が生まれたんじゃないのかい、とは思うが、おそらく当時の日本人の感覚には「死んだ人は偉い」というアジアっぽい道徳が鋭く残っていて、その対比として「生き残った人は狡《ずる》い」みたいな受け取られ方をしたのだろう。

あのグアム島のジャングルから数十年ぶりに奇跡的生還をした横井さんも帰国第一声は「恥ずかしながら」なのである。

　生きてるだけでおめおめと。そういう状態は、つらい。こんな文書いてる間にもいつ大地震が起こり町内で一人だけおめおめと生き残ってしまうかもしれない。我々には注意が必要だ。大地震に備えて乾パンや懐中電灯を枕元に置いておくのも大事だろうが、もし生き残ってしまった場合「おめおめと」と言われないだけのなんというか「生きざまの理論武装」みたいなものは準備できているだろうか。

　以前渋谷センター街の入り口の看板が倒れた時、下敷きになって死んだのはチャラチャラ遊んでる若者ではなく真面目に働いている人だったそうだ。あの瞬間、私の頭の中では渋谷の若者全員が「おめおめと」生きてるように見えてとても不愉快だった。運命とは皮肉なものである。すなわち「よりによって何でおまえが生き残るかね」と思われる人間ほど生き残ってしまう可能性はある。

　恐いのは、すでに自分がおめおめとした存在である上に、さらにおめおめと生き残ってしまうという二重のピンチに陥ることである。とりあえず自分がサカキバラ事件の時におめおめとストリップに行っていた校長だったら、さらにこの上そんな状態でおめおめとは生き残りたくないなあと思う。おめおめとおめおめの間にサンドイッチされた自分。おめおめ自分おめおめ。よくわからんが関西人にはたまらない状態だ。

　でも以前、町の海に重油が流れつき、大変なことが起こっているのにおめおめと愛人連れて南の島に旅行してた市長が問題になったでしょ？　でもあの市長の発言は好きだった。

「だってエメラルド色の海が好きだから」

ここまでおめおめとした、もう「おめおめ大王」でいられたら、それはそれで立派なことだなあとも思う私なのである。

編注・『ハイスクールララバイ』はミリオンセラーになったイモ欽トリオのデビュー曲。細野晴臣が作曲。

・神戸連続児童殺傷事件が起きたのは一九九七年五月。少年の卒業式の日、その中学の校長はストリップに……。

・一九九七年一月、ロシアのタンカーから流出した重油が、石川県小松市沿岸に漂着。その時、市長はサイパンに……。

もっとおめおめと

前回「おめおめと生きる」ことの難しさについて書いたが、日本人が一生に一度堂々と胸を張って衆人環視の中これでもかと「おめおめ」を許される、もう、おめおめ通り越して「ごめごめ」とか果ては「ばめばめ」といった原形すらとどめない境地にまで達しているのにOK、OK、みたいな状況がある。

結婚式の披露宴というやつだ。

私も何度かあの空間にいたことがあるが、そのたび、例外なく参加者全員が申し合わせもしないのにSF的ともいえる未知の力で善人面《づら》を強制され、その不快な磁場に耐え切れず、Yシャツ引き裂き司会者からマイクもぎ取り、ついアジりたくなるのだ。

「満場の偽善者諸君！　てめえら全員元をたただせば親父の精液の中をうようよと泳いでたもやし状の微生物だったくせに、何背広着てとりすましてるのかこの野郎！　こらこらそこの二人、スモーク焚《た》いてゴンドラからおりてくるんじゃない！　おまえら黄泉《よみ》の国からの使者か！　婚前セックスしてるくせに、キャンドルサービスで涙ぐむんじゃない！　おいおい落ち着こうぜ思い出そうぜ、あの汁の中でうようよしてた自由の日々を！　皆さん、私はこの披露宴という超偽善的習慣にピリオドを打つべく今ここで『大日本元精子党』を旗揚げ、人間とは根本的に下品な存在であることを認め、純白のドレスやタキシードに包まれただけでその過去が浄化されたような『おめおめとした気分』というものの嘘臭さと真っ向から戦っていこうと思う所存であります！　ロケンロール！」

しかしである。

実際の私は司会者に拍手を求められれば素直に拍手をし、新郎新婦が入場し小首傾《かし》げて微笑みかけてくれば、負けてなるかとより深く、肩に頭よ、めり込めと、小首傾げて微笑み返す。

なぜなら私は大人、いや、大人志願者であるからだ。ザ・大人。フランスでならラ・大人。そう呼ばれたい人間だ。戦い疲れた？　いや違う。子供でい続けることに疲れてはいないが私も三十五歳になった。人生のある試みとして、ひとつ物わかりのよい大人になって披露宴の「おめおめ度」を許す。それが刺激的な日常を送ることに慣れてしまった私にとって唯一残された〝冒険〟なのかもしれない。

だが、そんな私にもいかんとも納得しがたい結婚式が最近行われたのである。

私の古い知り合いが彼の十数年来の親友の女房を寝取ってこの間、結婚式を挙げたらしい。

友達の女を寝取ってはならないというのは私の人生の極少ないルールの中の一つであり、それだけでも不快な話だが、ザ・大人への修業として、まあそれも許してみよう。だが、一つだけどうにも我慢ならないことがある。

二人がローマで結婚式を挙げたことだ。

不倫しといて何がおめおめとローマか！

ドロドロした関係なんだからもっとドロドロした国へ行けよ。ドロの国！　ドロの国へ行ってなんかドロっとした結婚式を挙げろよ！

ああ、人間の「おめおめ」の懐の深さよ。私は思わずため息せざるをえないのだ。

なじみかたがわからない

クルーザーもいらない。金髪美人もいらない。マット・デイモンがデビューしていきなりアカデミー脚本賞とウィノナ・ライダーを射止めても、なんだかもう「千円損した」くらいにしか思わない。だけどもし、今悪魔が目の前に現れ魂と引き替えに何が欲しいと問うたならば、私は迷わずこう答えるだろう。「ちょっとした暇ができた時にフラっと立ち寄ると、いつもの気のおけないマスターとざっくばらんな会話ができる『なじみの店』が欲しい」

そう。私はただひたすら「なじみの店」を持つ人間を激しく嫉妬する者である。

大げさに言ってみよう。

マスターとねんごろになる、みたいな、そういうシンプルな人づき合いが自然にできる人間とそうでない人間の「人生の過ごし易さ加減」は、マラソンのスタート地点でスニーカーを履いたランナーと水枕と靴が合体したチャプンチャプンした妙なものを履かされたランナーの立場ほどに、厳しく違う。油田を持つ孤独な王より、むしろ町中になじみの店を抱える下町の親父の方が、人間としてのレースのゴール近くで最終的にスタミナで勝つ。

そんな気がしてならないのである。

大学の頃、私は退屈な授業の合間によく校舎の裏手にある『S』という喫茶店に行き、だらだらと漫画を読んで過ごしたものだったが、そこは私の逃げ場であると同時に、ある試練の場でもあった。

私はその店の「常連」である、が、どうしても「なじみ」になれなかったのだ。

あとから来た客がマスターや常連客たちと次々苦もなくなじんでいくのに、私にはどうしても「今日天気いいですね」みたいな、たった一言の軽口が叩けないのである。ミンナガ仲間ヲ見ツケテルノニ。私は遠足前のグループ分けでとり残された哀しい小学生のように、激しくあせっていたのである。

狂おしいまでのジェラシーでなじみゆく客たちを観察していると、実に普通に力の抜けた感じでマスターとの会話が始まる。「昨日徹夜しちゃって」みたいな空虚な会話の断片をマスターにぶつけるだけで「いつもの店」の空気はおごそかに動きだすのだ。奴らはいつどこでこのように「手慣れる」のか。

いや、俺も自然に話せばよいのだ。

それはわかっている。だが、すでに私はその店に十数回足を運んでおり、十数回無言だったわけで。そんな男がいきなり「釣りってオモツライよね」なんて切り出しても「なな、なんの魂胆か」と普通は身構える。「隠していましたが私、気さくな男で」。いや、隠した時点で気さくじゃないし、「昨日まで喉につかえてたテニスボールがやっととれました。さあ、喋りますぞ」。ますます恐いし、喋り方が変だ。あの頃『来店十数回目にして初めてマスターに話しかける人への一〇〇の手ほどき』なんて本があったら、迷わず私は買っただろう。ああ、初日、最初の日にちゃんと明るくしてればと、切なく思う青春の日々だった。

卒業して十五年。私は未だなじみの店を見つけられないでいる。
ああ、気さくなマスターをさらって誰も知らない国へ逃亡する勇気があれば。
しかし、気さくなマスターの話はおおむねありきたりでつまらない。
どうしろって言うんだ！

編注・マット・デイモンはベン・アフレックと共に『グッド・ウィル・ハンティング／旅立ち』（一九九七年）で第七十回アカデミー賞脚本賞を受賞。因みにウィノナ・ライダーとはのちに破局し、一般女性と結婚した。

やらかしちまった哀しみに

やらかしてしまわないように。

日々祈る。

もしやらかしてしまっても誰も気づきませんように。そうも祈ったりする。役者が舞台でうけを狙って例えば「そうなんだ」というヤリフを突然「そうなんだみょーん」とか言ってみる。静まり返る客席。ああ「だみょーん」じゃなくて「だぴょん」にしとけばよかった。悔やんでも、もう遅い。取り返しのつかない寒さにフリーズする共演者。そういう状態を我々は「やらかしてもうた」と形容する。

大げさに言えば忠臣蔵の松の廊下だ。浅野内匠頭《あさのたくみのかみ》が吉良上野介《きらこうずけのすけ》の挑発に乗ってついに切りかかったとき、当時の赤穂の志士たちがもし現代語を喋ったなら、

「殿が……やらかしてもうた」

というような胸中だったやもしれない。まあこの場合「寒い」どころの騒ぎではないし「うけるうけない」の問題でもないが。

とにかく切実に思う。なるべくならやらかさずに人生をまっとうしたい。

しかし「やらかしている状態」には相対性がある。つまり、ある者にとっては狂おしくやらかしてしまっているようなことでも、ある者が見れば「全然あり」という複雑な状況もあるからことは難しい。

この間、久しぶりに帰省して義兄の家に招かれた。その家にはそこそこに裕福な田舎の家に特有の「そこそこに統制のとれていないそこそこにゴージャスな調度品の数々」がそこかしこに展示されている訳だが、「田舎の金はゴージャスに走る」という点でかなりの譲歩をしたとしても「これはやらかしすぎてやしませんか」と糾弾せずにいられないインテリアに、私の目は釘づけになった。

黄金でできた一万円札の置物である。

端っこに小さくなっていればまだいい。しかしそれは、人魚の形をしたブロンズの時計や、なんだかわからないが本の形をした陶器に入ったありがたそうなウイスキーどもの中心に君臨する王のごとく、丁寧に台座で支えられて鎮座ましているのである。小さいが、激やばだ。せこすぎるがゆえにやばい自己主張のエネルギーでそれはリビングを圧倒していた。

「義兄さん、これはやっぱりうけを狙って置いてるんですか」

「ああ？　だってそれ十八金なんだもん」

会話が成立してない。

お互いの「やらかし」のベクトルがあまりにも違うからである。公的にはやらかしていても私的にはやらかしていないと。

それは幸せなことなのだろうか。

駅前に梅宮辰夫の像を祀《まつ》った『辰ちゃん漬』がある町は、ただもうそれだけで「やらかしてる町」である。町は宇宙に向かってうけを狙い続け、そして、宇宙に対してすべり続ける。

やらかしちまった哀しみに今日も小雪が降り積もる。

そんな風景も「哀愁」という価値においてありなのだろう。でなきゃ人生厳しすぎる。だろうがもしも、私が何事か無意識にやらかしていたら、やっぱり一言注意してくれるくらいの友達はもっていたいとポツリと思う。

失われた情緒を求めて

日本アカデミー賞の会場である。○○がおぼつかない足取りで口をもぐもぐさせながら壇上に現れる。何か食べている訳ではない。○○は、ただ、もぐもぐしているのだ。司会者の言葉に一切耳を貸さず、手にしたトロフィーの重さによろめきながら、ジョークとも寝言ともつかぬ意味不明な言葉をつぶやきつつひたすらノロノロする○○。しかし○○は非常に大切に扱われている。なぜなら日本人は○○を大切にする生き物であるからだ。

○○に素敵な言葉を入れよ。

「森繁」と書いた人は賢明な人だ。

「トキ」と書いた人は後半の部分しか読んでない人だ。

しかし、私の考える解はどちらも違う。

「情緒」。これが答えだ。

どう考えても森繁だろうと、つっぱらかってはいけない。正しいが、素敵ではない。アカデミー会場でノロノロもぐもぐしている生き物、あれを「森繁」だと考えるから我々はイライラしてしまうのだ。

あれは形而下のものだ。

情緒がのろのろしているのだ、と思いたい。

何しろスピード感のある情緒というものは存在しない。ひなびた温泉旅館に情緒を感じる人がいても温泉旅館に置いてあるエアホッケーに情緒を感じる人はいない。

そう見れば、すべてに得心がいくのである。得心して感心してしまうのである。

「ああ、あの人は人間を卒業して、そしてひなびて、『情緒』になったのだ」

以前一緒に旅をしていて、田舎のホテルのテレビにありがちな、あの百円入れてポルノが観れるやつを試した人がいた。

番組表を見るとその時間帯には洋モノのポルノをやっているはずだった。ところがブラウン管に映ったのは日本人の裸だった。

果たしてその人はホテルの人を呼びつけ謝罪させ、料金を返金してもらった。

なーんか違うなあと私は思うのである。

日本の旅で洋モノポルノを観たがるのもどうかと思うが、和モノが出たからといってホテルにねじ込むのはもっと違う。

旅では、缶ジュースの値段が妙に高かったりとか旅館の目玉になっているはずのメニューが変更されていたりとか、いろんな局面で少しずついいかげんな目に遭うことが多い。

しかし、それにいちいち角をたてるのは何か粋じゃないように思う。旅の上でのいいかげんな出来事。それも旅の情緒のひとつとして飲み込みたいじゃない。和モノが出たあ！とは思ってはいけない。「洋モノ見ようとしたら、『情緒』が出ちゃったよ」。それくらいのゆとりが旅を豊かにするのではなかろうか。

突然だが、ナンバー・ディスプレイ・サービス。あれもよくない。

好きな人に電話したいがどうしてもできない。一回コールしたが出たらどうしよう。思わず切るが、それはいたずら電話じゃない。自分が誰かはかまわない。只あなたの部屋の電話をひとつチリンと鳴らしたい奴がどこかに一人いるよみたいな。そういうなんかかわい気のある片思いができないじゃないか。その時ナンバーが出ちゃっちゃ非常に情緒がないのである。逆電されてもオロオロするばかりなのである。人類はあのサービスで一つ得して一つ損した。大げさだがそんな寂しさがある。

失われた情緒を求めて、今日も私は旅をする。

編注・日本産の「トキ」は二〇〇三年十月、ついに絶滅した。
・家庭電話でのナンバー・ディスプレイ・サービスは一九九八年二月に全国で開始。

波平バッドトリップ

昔から解けない謎がある。

日本人はなぜ、なにかっちゃハワイに行ってしまうのだろう。

特に芸能人。芸能人の「ハワイ行きたさ」たるや「シマウマの草食いたさ」「チーターのサバンナ走りたさ」に匹敵するほどの公然の欲望であると、厚生省の調査によって明らかにされている。

特に芸能人にとって「正月」と「ハワイ」の結びつきはことのほか強い。絆と呼んでもいいほどだ。正月と二年引き離されたらハワイは石になる。そんな言い伝えもあるほどだ。ない。

「正月に浜ちゃん一家（梅宮辰夫一家でも可）が出発した」

どこへ。

「アフガニスタンへ」

そんな答えは許されないのである。暴動が起きるのである。

浜ちゃん一家は正月はハワイに行く！

でないとしめしがつかないのである。誰にどんなしめしがつかないのか、よくわからないなりにである。

しかし、それ以上にわからないのは、そんなハワイにいったい何が待っているのかだ。暑さ。海。砂。日本語に慣れた外人。火山。いろんなナッツ。裏声で唄う音楽。傘をさした青い酒。

前半の五つは日本でもどうにかなる。そして少なくとも私は後半の三つはいらない。なんてことを考えてたら、この間テレビで『サザエさん・スペシャル延長版』をやっていた。なんだか知らないが波平の勤続三十年記念だとかで、磯野一家でハワイに行くことになったらしい。

勝手に行けよ。

と普段だったら思うが今の私はハワイに夢中である。サザエさんとハワイ。なんだかわからないが日本人とハワイについて考えるにおいて最強のセッティングのような気がしまいか。という訳で久しぶりに腰を据えて『サザエさん』を観始めたとたんに後悔した。

飛行機のチケットの段取りをとても心配する波平。外人にキスで迎えられ「やめんか」と怒る波平。外人がいない場所では急に横柄になる波平。せっかくハワイに着いたのに日本食屋にばかり行く波平。ホテルの冷蔵庫にビールが入ってないとプンプン憤る波平。

ハワイに来てもサザエさんの舞台は、日本じゃん。ただ一度、不良っぽい外人が波平の前で指を二本立てて「ヤリマスカ」と聞いた瞬間、私は色めき立った。

「ハワイでヤリマスカって……マリファナ？」

しかもそれを見たとたん波平の顔はパッと明るくなるのである。おいおい。いいのか波平……。

「いい！　いっちゃえー！　波平。ここはハワイだ。ゴーゴー！　ぬるま湯のような日常をおくり続けた『サザエさん』の歴史に今こそ革命を起こすのだ。あー、音楽が立体的に響いてくるう。とか言え。波ＨＥＹ！」

あにはからんや。

その外人の立てた二本指は「碁ヲヤリマスカ」の意だった。当たり前といえば当たり前。『サザエさん』にドラッグなんか出てくる訳ないだろそんなもの。

少しがっかりして少し安心した。

ハワイは遠くにありて思うもの。とは思う。

しかし『サザエさん』がやったことを実践しないうちは、なんか日本人としての「未完成感」がある。いつか行こう。行って確かめよう。

案外あの波平へのがっかり感と安心感の中に、日本人がハワイへ行く謎を解く鍵があるような気がするが、するようなしないような私なのである。

編注・厚生省は二〇〇一年の中央省庁再編により、労働省と統合し厚生労働省となった。

クリスマス引退勧告

「キリスト教の国でもないのになぜに日本人はあれほどクリスマスに浮かれるのであろうか。けっ」

なんて吐き捨てた日々。あの日々が私は懐かしくてならない。

日本のクリスマスは今、瀕死の状態にある。

トキの次に絶滅する鳥はクリスマスなのではないかとの噂までちらほらとささやかれるほどにだ。クリスマスは鳥じゃないのにもかかわらずである。

「最近のクリスマスはなんて寂しいのだろう」。そう思わない奴はよっぽど日々呑気に暮らしているに違いない。

これはバブル崩壊後にありがちな薄ら寒い物語の一つではある。昔、吉田戦車のマンガでカエル君がオタマジャクシだった過去のことを聞かれて「……あれはいいよう」と照れるギャグがあったが、クリスマスは、プールバーやモツ鍋屋や3DOリアル、しまいにゃ岡本夏生に迫る勢いで急激に「なかったこと」にされつつあるようだ。三角の帽子を被《かぶ》り、酔っ払って「♪ジングルベール……」などと浮かれて町をふらつきクラッカーを鳴らすサラリーマンなんて、口の周りを黒く塗った泥棒がコントにすら出ないのと同じほどに、もはや生存の確率すら少ないという。

そんな今こそあのクリスマスの奴が、切なく恋しい。

実はまだ奴が輝いていた頃はむしろ非常に私にとってあれはうっとうしいものではあった。例えば、我が家はちと貧しく、そして私の誕生日が十二月十五日でもあって、クリスマスと十日も離れていたというのに強引にお祝いを「いっしょくた」にされたものだった。なんか十二月二十日あたりに誕生とクリスマスが微妙に入り交じった適当なお祝いをされ、非常に中途半端なめでたさを味わわされていたような気がする。あと、何をやっても長続きしない兄がクリスマスケーキの販売に手を出し、見事に売れ残ったケーキを買い取って家族でバカ食いした思い出もある。あんなにありがたみのないクリスマスケーキに、どうして浮かれることなどできようか。

だがそれももう甘い過去の思い出だ。イブの夜に最高級のシティホテルを予約していたカップルが国民的レベルでバカ扱いされる今、ハロウィンなどというどう考えても日本人に馴染みそうもない行事がそろそろと日本に侵入し始めた今、奴はもう末期的症状を見せ始めたといっていいだろう。最近のクリスマスの盛り上がらない感じ、それはすでに正月がなーんかピンとこなくなっている欠落感に似ている。「日本のクリスマスは終了しました」。そんな日が来る前にせめてクリスマスの方から華やかに引退するべきなのではないか。

でなきゃヘアヌードでも出すか。

岡本夏生のヘアヌードよりは売れるかもしれない。

編注・岡本夏生は、二〇〇二年八月に初のヌード写真集『Ｎｕｄｉｅ』を発売。

恋人よ戻れ四本足に

私は頸椎《けいつい》ヘルニアで腰痛持ちで痔主だ。首腰お尻。いつもどこかがギシギシ痛い。三十過ぎてからは痛みとワンセットの人生である。

さて、そういうことを踏まえつつ、ださいのを承知でこう切り出すことを許してほしい。

「人は『答え』を求める生き物である」

できれば他の動物のようにノンシャランと生きたいなあとは常々思っている。例えばアザラシが「アザラシはどこから来てどこへ行くのか」なんてことを考えるだろうか。アザラシは海からボーッと来て浜に上がってボーッとするだけだ。実にあっけらかんとしている。「なんぼいりまんの?」。アザラシの人生には竹内力のサラ金の広告のようにてらいも飾り気もない。そいでもって手も足もない。

いや、犬ぐらいになるともう少し考えるのかもしれない。

「うっとこの塀の穴の件やけどな、もうちょっとおおきうならんものやろか」

そうすればそこをくぐって隣の家と自由に行き来できるのに。しかし、私の見解では犬は十秒と同じことを考えていられない。

「……うーん。おおきうなったらええのになあ」

十秒経過。

「……ハッハッハッハッハッ」

多分「ハッハッハッハッ」言ってる時は犬の頭の中は「ハッハッハッハッ」でいっぱいいっぱいだ。そして何が楽しいのか犬は物凄く頻繁に「ハッハッハッハッ」言っている。言うたびきっと何を考えていたのか忘れてる。

「なんでボクな、人咬《か》んでまうねんやろ」

それくらいの哲学はするかもしれない。

しかし十秒経過。

「ハッハッハッハッハッ」

真っ白である。真っ白になって咬んでいるのである。

しかし、彼らが考えないのは逆に答えを清々《すがすが》しいほどに必要としない生き物だからでもある。その欲のなさは、すこぶる上品だ。

人はすべての疑問に答えを求めずにいられない。「まんじりともしない」はちょっとも眠れないという意であるが、ちょっと眠れた時に「ああ、まんじりとした」とは言わないのはなぜだろう。答えが出るまでまんじりともできない。答えが出ないと、我々は不安だ。

不安でない人に限って、犬に似ている。しかし、この不安の源は何だ？

人が地面から初めて前脚を離し、立ち上がった瞬間の「よんどころない感じ」、その危うさに似たものではないかと密かに私は想像する。私の三つの病気の原因は医者に聞けばすべて「あんたが立って歩くからだよ」ということであり、どうも二足歩行は動物にとって不自然なことらしい。

時々思う。なぜこんな思いまでして立って歩くのか。多分科学的に答えは出ている。だろうがこの痛みへのせめてもの抵抗として私は極めて犬的にこの問題に対処する。

「どうして俺は立ち、そして生きるのか？」

十秒経過。

「ハッハッハッハッハッハッ」

いらねえ。答えなんか。

せめて生きることに関しては、犬畜生のように上品でありたい。そう思う私なのである。

正月自己申告制度導入案

これを読む頃読者の皆さんはとうに正月を乗り切られていると思われるが、今現在まだ私は皆さんにとっての去年にいるので「まだ先のこと」として書く。いやあ今年の正月は食って寝て食って寝て。みたいな書き出しにだまされるほど読者の皆さんはウブではない。一月に出る雑誌の原稿は前の年に書かれてるに決まってるだろう。なんぼ最新の情報つっても読者の方が筆者よりも必ず未来にいるのは確かだ。南の島で黒砂糖焼酎を飲んで長生きしている老人だってそれくらいのスレ方はしている時代だ。

しかし「正月を乗り切る」とは。いつから私はこんなに哀しいもの言いをするようになったのか。

私は正月に疎《うと》い。

ここ十数年正月に帰省してないし、アパートの部屋で単身過ごす一月一日を「正月」と呼べるほど、私はふっきれた人間ではない。例えば栗田貫一のルパンを『ルパン三世』と呼べる人とか、そういうのは結構順調なふっきれ方をしているとは思う。私もどちらかというとふっきれようふっきれようと、三十六年悪あがきしてきた。自分の誕生日など極力忘れるべく努めたし、成人式にも大学の卒業式にも出席しなかった。

いわゆる「めでたさ」というもの。

そういうものに巻き込まれて浮かれているとなんか人間として大切な「シャイな部分」が一メモリ下がって汚れるような、そんな気がして少しでも「めでたさ」臭のあるものはなるべく視界に入れないよう、日々精進してきたのである。ある演劇の賞を受賞した際なんてその「めでたさ」をどう処理すべきか非常に私はとまどった。性欲に悩む男子中学生の前にいきなりプレイメイトを連れてきても素直に「わーっ」と行けるか？　行けないだろう。あと、そういえば、学生時代などわざと正月にバイトを入れては家族の顰蹙《ひんしゆく》を買ったものだ。ちなみにそれは某マクドナルドの清掃の仕事で、正月手当てはハンバーガー一個分の引換券だった。私の「めでたさ」の値段、マック一食分也。そういう理屈をこねくってやっと正月に対してよくわからんが「五分五分」な気持ちになれた若い私だったのだ。

しかしなんだろうな、この歳になって日本人のことを考えるにつけ「せめて正月くらいめでたさと向き合ってもいいじゃない」との妥協案が私の中で浮上してくるし、やはり、ふっきろうとしてもふっきれない何かが日本人にとっての正月にはあるのである。魔です。魔が棲んでいるのですよ。正月には。まあ、ふっきれないついでに今回はむしろちゃんと正月をやろう、所帯も持ったことだし、とは思った。

だが、だがなのである。あまりにもこれまで「めでたさ」から目をそらし続けた挙げ句なのだろうか。今私は正月を目の前にして、あがっているのである。いや、あがっているというのは大げさか。人見知り。そう、私は正月の「めでたさ」に人見知りしているのである。なんかもう一度仲良くなるきっかけがつかめないのである。「三十六回も年を越してきて何を言うか生娘じゃあるまいし」。しかし、どんなに親しい友人でも例えば入院してたりとか特別な状況で会うと妙によそよそしい気持ちになるでしょ。そういう感じ。きっかけなんですよ。きっかけさえいただければ。

「なんとか自分の好きなタイミングで正月を迎えさせてもらえないかな」と切に願う。おのおの日常の中で「めでたさ」がピークに達した瞬間を『正月』と呼ぶ。そういうのならスムーズに正月に太刀打ちできるのではないか。自己申告制はどうか。一月一日ってこと一回忘れて正月は自己申告制にしませんか。

正月を前にそんなことばかり考えてる私はもちろんなんっっっにもふっきれてるはずないのであった。


松尾・因みに翌年の正月、我が家は巻き寿司一本でした。普通の日でもありえない。わざわざ正月をマイナスにする必要は……。

ギブミー！「ちょうどいい喫茶店」

日本は今何を求めておるのか。

日本は究極のちょうどよさを持った喫茶店を求めている。

いや、まあ正確には「日本は」の部分は「私は」なのだが、思いたいのである。みながみな日本の「ちょうどよい喫茶店切れ」に喘《あえ》いでいると。私、淋しがり屋だから。

ちょうどよい喫茶店が少ないということは、ちょうどよい待ち合わせが難しい、ということでもある。とくに私のように仕事の中に打ち合わせの時間が大きな比重をしめる人種にとって、ちょうどよさのない喫茶店は非常に困る。

名前に「ラ」だの「レ」だのつく白壁のこじゃれた喫茶店。

以前あるビデオ作家の人と新宿で待ち合わせに使っただけでコーヒー一杯千円。もう、なんつうの？　暴力だよ、あれは。お洒落という名のカツアゲだよ。携帯使うと怒られるし。なんてブツブツ二人でやりきれない切なさを抱えながら仕事場に向かったのを覚えている。あとオープンテラスの喫茶店な。なあにがオープンカフェか、さらしもん。渋谷なんか歩いているとたまに道路に面してずらっと客が並んでコーヒーを飲んでいる場面にでっくわすが、歩いているこっちは何か値踏みされてるようなオーディションみたいな気持ちになって非常に不愉快だ。「あいつ八円、こいつ五円」。私ならやる。これもお洒落という名の集団リンチである。

最近増えてるマンガ喫茶もいけすかない。なんでたかがマンガを読むのにみんな眉間に皺寄せ真剣なのだ。シーーーーン。読んでる本は『工業哀歌バレーボーイズ』。バカか！バカ同士の醸す不毛な緊張感の無駄遣い合戦に私は十分でお腹《なか》を壊すのである。

逆に緊張感のなさすぎる喫茶店な。店主の子供がうろちょろうろちょろポケモンポケモン、テレビはフルボリュームでインターネット犯罪があぁだこうだ、それ見て近所の親父がうんぬんかんぬん。「じゃかしゃい！」。使ったこともない関西弁も飛び出すというものだ。

この間など店に入るなりハープによる〝オー・ダニーボーイ〟の美しい調べが響いてきて静かでいいなんて思って奥にいくと、なんと本物のグランドハープを蝶ネクタイに口髭の男が弾いていて、私を見るなり演奏を止め微笑んだ。「いらっしゃいませ」。店長だった。店長の生ハープは静かでない。なんというか、その気持ちがうるさい。

どうして普通にできない。町の中立地帯喫茶店。なんでこんなにみんな特徴出すか。ストップ特徴！

これはあれだな、中途半端な個性偏重教育の弊害以外の何物でもないよ。
個性のない店構え、そして個性のない名前（『レインボー』とか）の喫茶店で無個性なマスターが淹《い》れた個性のない値段の珈琲を飲む個性のない時間。そういうちょうどいい幸せほど手に入りにくいものはないのではないか。最近少しそう思う私なのである。

編注・村田ひろゆきの『工業哀歌バレーボーイズ』は週刊ヤングマガジンで連載されていた長寿マンガ。全五十巻。続編の『好色哀歌元バレーボーイズ』も二〇〇六年から刊行されている。

子供克服計画

演劇人であり三十六歳であるのでコンピューターゲームの話ができる者が周りに少なくて寂しい。

演劇人の話題といえばもっぱら「この楽屋臭くない？」とか「あそこバミろうぜ」とか「おまえ頭に畜光ついてるよ」とかいうものであり、一方三十六歳同士の話題はといえば「小渕はボキャ貧で」だの「年金はギリギリもらえるね」だの、あと、ええと、思いつかないが、まあすべては「景気がね……」でなきゃ「ノムさんもね……」みたいな。やくみつるの漫画に集約されるようなことになっている。『影牢』の少年は山田まりやに似てていいね、とか、『バイオハザード2』の女の子は階段上る時、危なっかしくてとか、あと、『3DOリアル』の責任を高城剛はどうとったんだ。などという話題は「演劇」にも「三十六歳」にも入り込む余地がない。肝心の妻でさえ、嫌がってるのを無理矢理『いただきストリート2』に誘いぼろ負けさせて以来、ゲームの話になると歌いながらどこかにフェイドアウトしていく。

まあ、なにも話さなくても本来黙々とやるものではある。が、困るのは果たして『ドリームキャスト』は買うべきか否か、という大問題だ。いいの？　どうなの？　周りから情報がこない訳ですよ。『セガサターン』『64』に関してはいろいろな葛藤はあったが買わなくてセーフと今は思っている。早まってベータビデオを買い、タイタニック号で最後まで演奏し続けた音楽隊のごとくギリギリまで頑張ったが、ついにＶＨＳを導入した時のあの悔しさ。あれは二度とごめんだ。

子供の友達がいればなあ。とか、しょうもないことをときどき思う。しかし私は子供が苦手だ。

どうも私は子供に目を覗き込まれる系の男らしいのだ。

貧乏学生だった頃、回転寿司屋でバイトしていた。

客が食べた皿を手早く数えレジに叫ぶ。「おあと十枚さんまいりまーす！」。これがなかなか難しい。家族連れなどが来た場合皿の数は数十枚に及び、それを瞬時に正確に数えなければいけない。しかも百円皿と二百円皿があり、もちろん客はこれをランダムに積み上げている。で、よく来る嫌な家族がいたんですよひと組み。ドスのきいたパンチパーマの親父が「ちゃんと数えろよ」と言い残しレジに行くと、急いで私が皿を数えるのを小学一年生くらいの息子が必ずわざとジトーッと見つめるというフォーメーション。気が散るので向きを変えると今度はわざわざ回り込んできてさらに目を覗き込むのである。「しばいたろか」と思うも親が恐いのでそれもできず「ここに子供はいない。俺にはこの子供は見えない」と念仏のように言い聞かせ、何度も間違えそうになりながら皿を数えたものだ。あの屈辱の日々。ああ、自分が猿だったら引っ掻いてやるのに。火の中の栗だったら、ハゼてやったのに。

「子供って汚い！」

こんなこともあった。地下鉄に乗ったら突然ウンコがしたくなった。次の駅までは遠い。にじむ汗。困り果て吊り革にしがみつく私の涙まじりの目を、前に座っている子供が覗き込むのである。

「わかってるよ。したいんだろ？」。半ズボンがパツンパツンしてるくせにジゴロな眼差しである。

にらみ返す気力もなく、私は隣の車両に移った。

子供が純真だなんて嘘だ。こっちが弱いと思ったらとことんつけいる坊ちゃん刈りヤクザ、子供。いつかきっと、子供以上の大人（どんなだ）になってにらみ勝ってやる。勝って胸ぐらつかんで聞いてやる。

『ドリームキャスト』ってどうなのさ！

……子供を克服したい。ケンカして仲直りしたい。克服してクララのように立ち上がりたい。そんなことを考えている大人は私だけなのだろうか。

松尾・『ドリームキャスト』は購入しました。五本くらいしかやってないけど。

奴らをお茶で濁せ

日本人なら「曖昧」とうまく共存していかなければ。

突然だが私はそう思う。

「肌色」が今なんという英語に変わったのか私には覚えがないが、あれを他の日本語に置き換えられない、つまり黄色人種と呼ばれながらも自分の手を見て「肌色だねっつってもとりあえずいわゆる黄色じゃねえよなこれ」としか言えない肌の色の旗色不鮮明さ。

「もう、ミルク味噌色でいい！」

いっそミルク味噌人種と呼べ。そんな思い切りのよさをポンと提示できないなんか優柔不断な、そんな肌の色を持つ人間たちの宿命ではなかろうか、曖昧を友とするのは。

「それじゃあそういったことで」

私の好きな言葉である。こういう言葉が座で発せられる場合、おおむね「そういったこと」というのがいったい「どういったこと」なのか、誰もわかっていない。ただ、その座の話題が「煮詰まっていた」のは確かだろう。今日我々は最終的にただ「煮詰まってしまった」ぞと。何しろ我々は「煮詰まるまで帰れない」民族である。「煮詰まりましたね。

見届けましたね。OK！」みたいな。「そういったこと」とはおそらくそういったことなのだった。「それじゃあそういったことで」。言われたあと誰もがフッと息の抜けた顔をする。そこにはそういう意味が含まれているのである。そして、そんなしょうもない意味を、誰も「明確に」なぞしたくないのである。お茶を濁して立ち去りたいのである。

家を借りる時、バス、トイレ別にこだわる人が結構多い。いかにも日本的と思われようが、違う。

日本人なら一度はバストイレ一緒のユニットバスの家に住み「曖昧な生活」とは何かを学ぶべきである。

問題は用を足す時だ。バストイレ一緒のトイレで用を足す時、私は「自分は今便器に用を足しているのか、それとも部屋全体に用を足しているのか」判然としなくなるのである。そんなことってなかろうか。

何しろあの便器の中心部と縁と床はなだらかなカーブにより「つながっている」。そしてそのまた床からカーブを描いてバス部分の壁面の下部にたどりつき、上ってそのままカーブを描いて浴槽の中心に「つながっている」。さらに浴槽を通って部屋の壁をつたい天井にぶつかりそのまま一周して壁、床、それから便器の縁にたどりつき、カーブを描いて便器の中に「つながっている」と。便器、床、風呂、壁、天井、明確な区切りというものがない。アメリカ人的おおざっぱさを持ってすれば「コレハ部屋全体ガ巨大ナ便器デスネ」ということになりはしまいかという不安に襲われるのである。さらに掃除をしてみてほしい。

トイレ用のタワシでガシガシ便槽をこする。それはいい。しかし我々は便器の縁にタワシを移動させた瞬間考え込まなければならないのである。

「まだ、ここ、便器だよね」

便器の縁から便器の外側へタワシを移動させる時はさらに愁嘆場だ。

「いつ、風呂掃除用のタワシに変えればいいのだ」

ここで我々は気づくのだ、トイレ掃除用のタワシと風呂掃除用のタワシは「同じフィールド」でチェンジしなければならないことを。しかしトイレの汚さと風呂の汚さは圧倒的に違う。どこかで自分の中の清潔感覚を曖昧にせねば勝負がつかないのである。いや、もっといえばバストイレ一緒の部屋に住む限り私たちは「自分の清潔」に永遠に敗北し続けるのである。

しかしその敗北を簡単に認めてはいけない。そういったたぐいの敗北を誰にではない「宇宙に」向けてお茶を濁し続ける。その時初めて我々は曖昧を友とすることが可能になるのである。

奴らに味をつけろ

日本人ならとりあえず間近で富士山を観ておくべきだろう。ということで久しぶりに休みをとって富士のド真ん前にある河口湖に出かけた。

ちゃんと観たら驚いた。負けた。でけえ。やっぱ違うわ。新幹線の窓から観る富士山なんか富士山じゃないね。おやつだ、窓越しの遠い富士なんて。おやつ富士だ。おやつボーイズどこ行った。いや謙虚な気持ちになりますね本物の前では。自分のことを「駄自分」と呼びたくなるような。うん。たとえ富士山の成分に何千人の変死体が含まれていようと、私は惚れた。惚れ直した。富士を待ち伏せして告白したい。プリクラ撮りたい。もしエレベーターの中で富士山と二人きりになったら、もう何をするかわからない。

「富士山に痴漢したいっ」。訳がわからない。

まあしかし、そんな富士山のでかさ立派さ頼もしさの不思議についてはまた次の機会に書くとして、今回気になったのは大月から河口湖に向かう途中で乗ったF急行の『特急F号』であった。

なんか妙に味があるのだ。

特急なのに二両編成でありしかも特急料金二百円というのもなかなかな味だが、なぜかしらん、列車に乗る前に乗客全員に「紙おしぼり」をくれるのである。発車一分前という切迫した時間に切符を貰ったので訳もわからず「え？　は？」つう感じで車掌に手渡されるままに乗り込んだのだが、でも、なんだろう。とりあえずもらったから「ん……じゃあ、拭こうか」と手を拭いてみる。だからといって飛行機のようにその後お菓子が出るとか、そういう訳でもない。捨てるゴミ箱もない。皆、拭き終わって丸くなったおしぼりを手にボンヤリ途方に暮れている。

なんだこれは。

いたたまれなくなって車掌さんに「なんですか？」と聞くと「そのことにはあまり触れるでないっ」といった性急さで、「サービス」とひとこと言ったきりそっぽを向いてしまった。

サービス……。確かにそうだろうけど。なんか「腑《ふ》に落ちねえ」という感じは紙おしぼりでも拭《ぬぐ》えない。

味を出しちゃった。ということなのだろうと思う。

サービス、というにはその効果が少しくあやふやでサービスの概念にいま一歩届いてない、花の形に飾られた角砂糖とか爪楊枝の頭に施された彫刻とか、ちょっぴり過剰な心遣い。そういったものを私は「味が出た」と呼ぶ。以前、知り合いの女性がストリップ小屋に出るというので招待されて観に行ったことがあり、その小屋ではショーとショーの幕間《まくあい》に舞台の袖でアダルトビデオを流していて、それ自体はまあ「サービス」なのであるが、ただ、そのビデオが「妊婦もの」であるという点において観客に「なぬ？」という気持ちを抱《いだ》かせるし、さらにその内容がひたすら裸の妊婦のウエストをメジャーで計って数字を出してゆくものであるに至っては、やはりそれは「サービス」と呼ぶより「味出ちゃった」と呼ぶしかないのであった。「どういう気持ちにさせたいの？」みたいな。車窓から雄大な富士を眺めながらそんなことを思い出している私がいた。

今後もF急行の車掌さんには紙おしぼりだけでなく様々な「味」にチャレンジしてほしい。「風車」「シャボン玉」「折り鶴」「2B弾」「おみくじ」「知恵の輪」「万華鏡」「磁石」「輪ゴム」といったものをもらって困惑する客を乗せ大富士をバックに疾走する『特急F号』。

うーん、想像するだに味のある光景じゃないか。

編注・おやつボーイズは『ごきげんよう』に出ていた三人組アシスタント。

作家という生き物の許され度

作家というものの「わがまま」を今現在日本はどこまで許せるものなのだろうか。

私は謙虚で知られた人間である。

つまらないくせに威張ってる作家どもを嘲笑《せせら》いその足場をグダグダにするために、賞を取ろうが何しようが、意地でもこの姿勢は崩さない。それはもう誇りを賭けて、謙虚だ。謙虚をご飯にのっけてさっと二杯はいける口だ。飛んできた石をよける。小指をタンスにぶつけたらキャッと叫ぶ。そんな基本的反射神経の一つに編集者に対する「すいません」が含まれるほどのもう歩く謙虚マシーンなのである。

さて、この間、初めてこの連載の第一回目の掲載誌が送られてきた。久々のカラーページは嬉しい、印刷も原画の色をグレイトに再現してくれていて美しいし自分の写真が太っていること以外言うことなし。とろけるよ。とろけちまいそうだよ。

反射神経でなく心から思う。

「ほんともう、すいません」

関係ないが「ほんともう、すいません」はフォンドボー・クックドゥーに似ている。

似てません。すいません。

だけど、だけどなのである。

私、東京に住んでるんですね。で、これ関西の情報誌なのですね。

他に読むとこねえんだよ。

行けねえよ。ていうかそもそもゴスペラーズなんか観たかねえよ。

「わあ、ゴスペラーズ今度大阪厚生年金でやるんだ！」

「東京の『ぴあ』送ってくれないかなーん」

と喉元まで出かかるが私の原稿が載ってない雑誌を送ってもらってどうする。いくら謙虚とはいえ自分の連載くらい読みたいじゃないか。提案。東京の『ぴあ』で連載中の大川豊のページをむしって、代わりに私の連載を貼りつけたものを送ってもらう。

想像するだけでとろけちまいそうだよ。

しかし、そんなこと日本人作家内謙虚率ナンバーワンの私がどうして口に出せよう。作家というものの社会的傲慢を疑い、営業マンのような腰の低さを貫いても「ここまでできる」ということを証明するため、「謙虚」という名の大看板背負って、前人未踏の荒野に立ち上がった私ではなかったか。その時、初めて自分のわがままの「押し出せなさ加減」を褒めてあげたいと思った私じゃなかったか。

ぴあサイドも、直接言わずとも私が何を欲しているか、きっとわかってくれるだろう。それが日本の編集者というものだ。

次に送られてくる『ぴあ』が関東なのか関西なのか。あるいは関東と関西が合体した不思議なぴあなのか。私のページだけがむしられてくるのか。なぜか『はみだしYOUとPIA』三年分の切り抜きが送られてくるのか。その結果が現時点での自分の作家としての評価なのだろうなと、今からドキドキして待つ私なのである。

松尾・ゴスペラーズ、すごい売れたけど、それでも観たかねーよ！

傲慢反省手帳

傲慢であること。不躾《ぶしつけ》であること。そういう不心得がこの世界をダメにしていると常々思う。

例えばロックの人。

よくロックスターの方たちはステージ前方のアンプに足を乗せ歌い「傲慢な自分」というものを演出していらっしゃるが、あれはよく考えたらトンでもない話なのである。アンプっつったらアーチストの「仕事道具」ですよ。自分の仕事の道具になぜ足を乗せるのか。大工さんがカンナに足を乗せて歌うだろうか。溶接工の人がハンダの上に足を乗せて歌うだろうか。当たり前だが歌わないのである。

アマゾンの森林伐採によって安価な牧場を作ったおかげで激安バーガーが売られているそうだ。我々は激安バーガーを一つ食するたびにオゾン層の一部を破壊していると胸に刻まねばならない。それと同じように、ロックスターがアンプに一回足を乗せるたび、この私たちの精神的宇宙を美しく構成する重要な要素である「つつましさ」というものが一つ破壊されてゆく。そんなふうに思われてならないのである。

もちろん、そう言いながら日々私も自分が思わぬところで傲慢な振る舞いをしていまいか、チェックを怠ってはならないと身を引き締めている。人間ちょっとの油断でベルトの穴が一つ増えるように、傲慢であることに慣れてしまうものだ。定食屋でちゃんと「(まずくても)ごちそうさま」を言っただろうか。柄谷行人や蓮實重彥など「難しい人」の本を買う時、一緒に花くまゆうさくのマンガを買って「バランスを取る」ことを忘れていないだろうか。「偉くありませんよー」と。

しかし、この間私は自らの禁を破りついに嗚呼《ああ》、許してほしい。新幹線のグリーン車に乗ってしまったのだ。

しかも、個室!

時期尚早。自分でもまだ早いと重々思っている。三十六歳、一介の劇作家である。フライングだった。勇み足だった。

公的にグリーン車に乗って「問題なし」と判断される人間は実に限られているといっていい。かつておぼれる子供を助けた人。飛行機事故でたった一人生き残った人。堤防に空《あ》いた穴にこぶしを突っ込み半日助けを待った人。まあとにかく偉さ。偉さというものがない人間が乗っていいものでは決してないのである。グリーン車個室というものは。

私の心の傲慢反省手帳には「グリーン、個室、とっても快適、無念!」と血文字で切れ切れに綴られている。これからは今までの二倍謙虚に、そうしなければやらかしちまった傲慢のおとしまえがつかない。カルピスを人に勧められた時は「薄く、できるだけ薄く」と哀願しよう。心に誓った。

そんな矢先、またもや私に傲慢の火の粉が降りかかろうとしている。この間、担当の編集者から電話があった。

「松尾さん、今度の新刊本の件でサイン会をお願いします」

サイン会ぃぃぃ！　なんと傲慢な。

グリーン車、個室、サイン会。神は。神はいったい私に何をさせようというのか。

私の傲慢反省手帳にまたしても血文字が綴られる日は近い。

サウナお行儀戦争

何はなくとも人はお行儀だろう、と思う。

お行儀の良さが世界を救う、と言ってもよろしい。「マナー」と英訳してはいけない。「おぎょうぎ」という言葉に含まれる二つの濁音が律するリンとした厳しさは、「マナー」などという「おやつまだー？」とか「もなかー」とかと同じ仲間である襟口の伸び切ったTシャツのような脱力系の音感では表現しえない。お行儀という言葉には「年中詰め襟」といった応援団の後輩的緊張感がある。

「あなたの宗教の方がようございますよ。うちの神様なんてとてもとても」

「いえいえ、何をおっしゃる。あなたの神様の方が百倍真実をついていますよ」

もしも、世界の宗教家にこのような「謙虚の美徳」といわれるお行儀の良さがあれば、世界を悩ます痛ましい戦争の多くは防げるのである。食事の前はきちんと手を洗い、人前で楊枝を使わない程度の行儀が備わってさえすれば、無闇によその国に向けてテポドンを発射するといった不躾《ぶしつけ》な真似はしないのである。瓶からノリの佃煮を直接口に運ぶような人差し指が、テポドンの発射ボタンを押すのである。ボタンを押した指は間髪《かんはつ》いれず佃煮の瓶に突っ込まれるのである。

サウナ。

人と人が裸で触れ合う場所であり、人前でチンチンをさらすという、普通で言ったらかなりダメなことになっている、もう、お行儀面で待ったなしの場所であるからこそ、逆にそこでは人間のお行儀の赤裸々な実態というものが如実に浮かび上がる。ある意味サウナはお行儀の戦場である。

この間もいきなりサウナ室に入ってきたデブのせいで「憩いのオアシス」であるはずのサウナが「ここはユーゴ？」みたいな悲惨な戦闘状態に突入した。私はかなりの汗っかきだ。汗っかきというものはたいがいの局面においてろくな目に遭わないものだが、ことサウナにおいては王様である。その王様の前でデブはなんと自分の汗を手で集めては何の意味があるのかあの焼けてる石に投げつけているのである。「ジュッ。ジュッ」。投げられるたびデブ汗は不快な水蒸気をサウナ内に巻き上げるのだった。

「こらこらこら。誰がおまえの汗のスチームを浴びたいか」

サウナでは自分の汗は頼もしい味方であるが他人の汗は憎むべき敵である。なんでそんな行儀の悪いことをするかなと思いつつ退散して水風呂に入ろうとすると、デブが「たまらん」とか言いながら走ってきていきなりザンブと浸かりやがった。

「うひょーーー」

うひょーじゃねえんだよ。汗ながせ！　汗ながしてから入れデブ！　私は水風呂に浸かる気がなくなり、しぶしぶ隣の風呂に入った。

「……Ｏｈ。ぬるい」

デブがいきおいよく水風呂に入ったため、大量の冷水とデブ汗が隣の風呂に流れこんだからである。私はフルフル震えながらサウナをあとにした。ＦＵＣＫ！　ＦＵＣＫ！　サウナにくらい大らかな気持ちでいさせろ、デブ！

確かにお行儀がよろしい。なんていうのは褒め言葉ばかりとは限らない。適度な下品さもたまには必要だ。守ってなんぼの行儀であるが、良すぎても嫌みなのであって、良すぎず悪すぎずという匙《さじ》加減が難しい。過不足ない究極のちょうど良さを持った礼儀。そんな行儀を守って守って、一生守って、何も考えずにシンプルに生きたい。

私はお行儀と心中したい。

編注・北朝鮮の弾道ミサイル「テポドン一号」は一九九八年八月に発射実験が行われ、弾道の一部が日本列島を越え太平洋に着弾。

ポットン式便所復活論

衝撃的だった。

久々に里帰りしたら実家の便所がポットン式でなくなっていたのだ。数十年間ポットンポットン言ってた我が家の便所がついにポットン言わなくなったのである。「実家に帰る=大量の便との対決」という図式もやっとなくなったのである。

『ぴあ』でいきなり便の話。いいのかなあとドキドキしつつも、書き出してしまったものは仕方ない。書き出した原稿と出始めたウンコは止まらない。そして、今回、読者の皆さん、食べながら読むのはやめたほうがいいかもしれない。

確かに水洗便所は快適だ。二十三歳で上京した際、三万五千円風呂付きという奇跡のような物件を捜し当てたのだが、そこをやむなく断念した理由というのが「便所がポットン式であるから」だった私である。ポットン一つで風呂を捨てたのである。これは、上京に対する期待の中に「もうこれで大量の便と日々顔突き合わさなくてもいい」といった喜びが大きな位置を占めていたから、と言っても過言ではない。であるからか、その後の十三年、十回以上の引っ越しを経験したが、頑《かたく》なに私は水洗式の住まいにこだわり続けた。

「実家＝ポットン式」の認識が体にしみ込んでいる私にとって、水洗式は都会に生きる孤独な戦士の証《あかし》なのである。身分証明が国民健康保険しかないはかない身の上にしてみれば、そんなしょうもない証でもなかなかに手放せないのである。

しかし、その証と引き替えに私は何か生き物として重要なものも、ある意味失った。

ウンコに対するたくましさだ。

野良猫が私の家の玄関によく粗相をするのだが、そういうのを発見すると〇・五秒で逆上するもの。その際、涙目だもの。

ポットン式である田舎の家に住んでいた時分は、道路などパブリックな場所にさえ犬や猫や時にはなぜか人間のモノまで、ありとあらゆるウンコが日に飛び込んできたものだ。その代わりウンコというものの存在に対し、今よりも随分強気に出られたような気がする。たいまんはってメンチきってたような気がする。

例えば、子供から大人への通過儀礼の中には、いかに自分は「ウンコなんか」をする人間である事実を克服していくか、というのがある。便所に行くと必ずみなにからかわれ、そうして人間とはこういう恥ずかしさを一面に持つものだといった絶望を噛み締めもするが、ある時期からその恥ずかしさを含めて「しょうがないじゃん。クソも人間の一部だ」というワイルドさを身につけて開き直る訳でしょ。その開き直りの際に、自分ちにある大量の便や道に落ちたる様々なウンコは「いつもここにいるよ」と私たちを説得力あるビジュアルで励ましてくれたではないか。ウンコ力だ。

日常でウンコと真っ正面から向かい合うことがなくなって久しい。せめて、田舎に帰った時くらい便と語らってもよかったのかもしれない。水洗式になって初めて実家というものの存在意義に一つ気づかされた私なのだった。

編注・松尾スズキの実家があるのは、福岡県北九州市。

道、踏み外して……

方向音痴なのである。

新しい場所に行く時は七：三の割合で道に迷う。新宿駅から東口への出方がわからず南口からバスに乗ってしまう男である。地下鉄の出口で眉間に皺寄せ地図をくるくる回したり地図の周りをくるくる回ったりしている男を見かけたら私である可能性はすこぶる高い。その、道わからなさ加減は筋金入りである。

以前、大日本印刷という巨大な印刷会社の中にある子会社に勤めていたのだが、その大日本印刷というのが建て増しにつぐ建て増しで内部が非常に複雑な迷路化していて、他会社への出向を頼まれるたび私は深刻な迷子と化した。「松尾が出掛けた？　当分もどらんな」。やがてそんな特別扱いが定着し、それを逆手にとって出向したまま近くの公園をブラブラすることを覚え、そしてなんとなくそのまま会社に行かなくなった。行かないまま現在に至る訳だから、ある意味私は未だにあの会社で道に迷い続けているとも言える。

道を踏み外す、という言葉がある。「道」というものをアバウトに解釈すれば、この世界には迷子が非常に多い。

うちの近所にはアイスコーヒーがおいしいので有名な、木造のちょっとシックな喫茶店があり、たまに利用していたのだが、ある日、その店に薄暗い奥の間があることに気づき、恐る恐る覗いてみて驚いた。そこにはシルクハットや巨大なトランプや、なんと呼ぶものかわからないが「人を閉じこめて剣を刺す用の箱」なんかが整然と並べられていて、一種凶暴な怪しさを醸しまくっていたのである。

手品部屋だった。手品部屋としかいいようのないものだった。主人の趣味なのだろう。

急げ！　披露される前に！

私はその喫茶店に行かなくなった。

しばらくすると、その店の前に等身大のオランウータンの人形が二体、デデンと置かれているのを発見した。「この店、迷子だ」。私は思ったのだった。

さらにもうしばらくすると、その喫茶店の壁にこんな貼り紙があった。

美空ひばりの歌が全曲聴ける店だヨ！

「もう、戻れないな」。私はしみじみ思ったものだった。

かと思えば。この間、深夜、タクシーに乗ったら運転手さんに凄絶《せいぜつ》な身の上話をされた。

「役場にいたんだよね。でも、三回結婚して三度目の女房とこの間別れて、それで、財産ぜーんぶ持ってかれてさ、ついこないだまでマグロ漁船に乗っとったですよ。乗ったちゅうか乗せられたちゅうか。だから私五十五歳で、あんたくらいの息子いるけど、まだタクシー初心者なんだよ、ごめんねえ」

「息子さんは何をしてらっしゃるんですか？」

「行方不明。八百万の借金こさえてねえ。私保証人なんですわ。果たして返していけるのかなー？　はは。お先真っ暗ですわ」

明らかに彼は人生の迷路に迷いこんでいた。

「えーと。あれ？　どっち行くんでしたっけ」

そして、本当の道にも迷い始めていた。

「かんべんしてくださいよお」

もちろん方向音痴の私にうまい説明など望むべくもない。そして、世田谷の深夜の路上を迷子の大人が二人、ヘッドライトをつけて深く静かにそろそろと、潜行し続けたのだった。

タクシーとAMラジオと大阪人

我々は赤ん坊としてこの世に生まれ少年になり、いくつかの恋を知って悲しみや苦さを飲み込んで大人になり、そしてAMラジオを聴かなくなった。

学生の頃あれほど楽しみに聴いていたのに。タモリたけし鶴光。AMラジオ中心にその週のスケジュールのプランが組み立てられたりもしていたほどなのに。あの頃の自分と今の自分の感性がそれほどたいして違っているとは思えないのだが、どうにもこうにもこの歳になると「AMラジオを聴いている時間のぬるさ」というものが許せないのである。「ざあざあ言うな！　あと時々ハングル混じりになるな！」。誰にともなく毒づいてしまうのである。

であるから、タクシーの中以外でAMラジオを聴かなくなってとんと久しい。

しかし、逆にタクシーの中のAMラジオだけはなぜか許せる。中華屋の油に濡れた『漫画サンデー』がなぜか許せてしまうのと、それは似ている。しかしタクシーの中のFMラジオは、なんだか許したくない。タクシーの中の短波放送も、よくわからないがついでに許さない。「タクシー。AM。毒蝮三太夫」。最近この三つの相関関係には何かあると睨んでいる私なのである。AMの雑な電波が醸す弛緩《しかん》した時間。そういうものがあのある種緊迫した密閉空間には必要なのかもしれない。

にしても「大阪のタクシー」。これにはAMラジオは必要ないと思う私である。なぜなら大阪のタクシーの運転手さんの存在そのものが、ある種AMラジオ的であるからである。東京のように「昨日沖縄から出てきました。道まったくわかりません」といったようなことがあまりなく「すべての道はわいのもんだす」という余裕がそうさせるのか、大阪の運転手さん（次から略して大運）の態度は柔らかで遊びがあって非常に心地いい。大運には「移動する坂東英二」的なベタな味わいがある。きついポマードの臭いさえ飼い慣れた猫の口臭のように風景としてありだと思う。

さて、この間も仕事の合間に私は非常にいい味の大運と出会った。

「ルーミング心斎橋ですか。最近横文字のホテルはどうも憶えられませんでいけませんな。歌もそうですな、はやいテンポでニャンニャンニャンニャン横文字で歌われてもわたしらようついていけません。そやから紅白歌合戦もよう観ませんし観る気もありませんな。昔の紅白歌合戦には夢がありました。メロディーがありました。華がありました。今はもうはやいテンポでニャンニャン言うておるだけです。ルーミング心斎橋ですか。憶えられる名前じゃありませんなあ」

行く先を告げただけで紅白歌合戦の話に飛んでいくのである。やがて大運の話はまったりとAMラジオから流れる懐かしい歌謡曲のように、会話というより空気に、しみじみと化けてゆくのであった。

大運には失われたAMラジオの懐かしさがある。

なんて締めくくりだときれいすぎるのでつけ足すがこの運転手さんもその後やっぱり道に迷ってしまったのだった。

人を呼び捨つるほどの自分也や？

　ロッキング・オンという会社が発行している出版物を読むと、なんといっても目を引くのがあのインタビュアーのアーティストに対するくだけっぷりのよさである。名のある人々に対してなんであぁも長年の友達に後ろからヘッドロックをかけるがごときやんちゃな口調で話ができるのだろうか。特に外タレを扱う時のロッキング・オンの「ため口感」は鋭く揺るぎがない。「なるほどね」とか。「やってくれちゃって」とか。「でさあ、ミックのばやいさあ」とか。我々日本人というものは、普通有名人や外人を前にするとき正しく「あがってしまう」ものであるが、かの編集者たちの清々《すがすが》しいまでのリラックスの仕方はどうだろう。インタビュー時おそらく誰一人として詰め襟のホックを掛けてないであろう対等感。彼らはそのくだけ方において名を成した外タレとまさに同じ土俵に立っているのである。同じチャンコも食っているのである。

　惚れ惚れする。嫌みでなくて心から。

　ああ、俺もあんなふうにくだけ、そしてくだけられ、呼び捨て、そして呼び捨てられてみたいとつくづく思う。何しろ成人してからこっち学生時代の友人と劇団の後輩以外の人間の名前を呼び捨てたことが、ましてや呼び捨てられたことが、只の一度もないのである。どんな親しい人間でも「さんづけ」かせいぜい「君づけ」止まりなのである。

くだけ方がわからない！

人は親しい人間との対人関係において、いついかなるタイミングで「さん」から「君」へ、「君」から「ちゃん」そして呼び捨てへと、くだけていくのだろうか。飛鳥がいつの間にかＡＳＫＡに変わってもセーフみたいな、そんな人生の盗塁みたいなスムーズなやり方がきっとあるはずなのだ。いや、私ももう三十六歳、業界でも中堅どころであってそろそろ呼び捨てにトライしてもよい年頃だと思うし、社会人になりたての仕事相手などと相対する際、正直な話喉元まで呼び捨てがこみあげてくる瞬間もあるのだが、どうしても「人を呼び捨つるほどの自分也や？」という生来の品のよさが邪魔をして「瀬尾……。さん」などと、緊張して思い切れないのである。向こうだって「カモンまっちゃん！　呼び捨て！」と両手を広げているに違いないのに、いまひとつそういうグルーヴにはまれない自分なのである。

今思い出したが野田秀樹さんはもしかしたら私が東京で知り合って初対面で唯一私を呼び捨てで呼んだ人かもしれない。「おい、松尾。餅食いにいこうぜ。おまえキナコ派？　黒ミツ派？」。後半は嘘だが実にスマートな呼び捨てであり、確かにその時野田さんは学生服の詰め襟のホックを思い切りはずしていたと記憶する。人生で幾度と出会えない素晴らしくもナチュラルな黄金の呼び捨てであった。

にしても私には一人だけこの人なら呼び捨てにしてもはばからない、という人がいる。アグネス・チャンだ。これほど「ナチュラル・ボーン・呼び捨て」な名前が他にあろうか。

「アグネスサン」「チャンサン」どちらも不自然で呼びにくい。その呼びにくさに押されて、彼女ならはばからず呼び捨てにできるのではないかとにらんでいる次第である。

私は密かに彼女と仕事し、そして呼び捨てる機会を待ちわびておるのであった。

編注・『ナチュラル・ボーン・キラーズ』（一九九四年）は、監督オリヴァー・ストーン、原案クエンティン・タランティーノ。

愛しさと切なさと往生際の悪さと

私は若ハゲである。

「そんなことありませんよ。全然そんなのセーフですよ」。殆どの人がそう言ってくれるし、言ってくれると確かにうれしい、が、しかし、自分を甘やかさないという戒めのためにも謹んでこう受け取るようにしている。

同情心で言ってくれてる人、三割。ただ単にハゲに対するジャッジメントが甘い人、三割。将来自分がハゲ始めた時のための保険、三割。上まつ毛が下に長いため、視界の中で私の額に自分のまつ毛がかかってあたかもそれが前髪のように見えている人、一割。

いや、いいのである。かっこよくハゲている人だってたくさんいる。できれば丁重にハゲをお迎えしたい。もうドンペリ持ってリムジンで、ハゲの前に乗りつけたい。

しかし、問題がある。私がくせっ毛であり、その手入れの面倒から、ハゲる以前より帽子を愛用していたという事実である。

「ハゲ隠し」。今になってそう思われるのがつらいのだ。電車の中でたまに見かけるあからさまなある種挑戦的でもあるヅラの人。あれと同じ人種であるとカテゴライズされるのは非常にリスキーである。かといってかれこれ十年来被《かぶ》っていた帽子を急にやめて「帽子からもハゲが漏れ出し、隠し切れずに開き直った」。そんな原発事故の釈明会見のように思われるのもまた癪《しゃく》だ。

帽子を被っていたがためにうまく、なんというかスマートに、言ってみれば竹中直人や西村雅彦のように「別にハゲでいい人」というキャラクターに移行するタイミングを逸してしまった感がある。ハゲでいい人やデブでいい人は、人前に初めて出た時にそのスタートからハゲでありそして太っていなければならない。例えばコント赤信号のラサール石井は初めから太っていた。というイメージがある。とりあえず彼はデブでいい人である。ところがそれを後から追い抜くように太っていった渡辺正行の太り加減、これを我々は呑み込みきれないでいる。途中から、とか、突然にというのはなかなかキャラクターとして認知されにくいのだ。じゃあ、人前に出る時ずーっと帽子を被ってればいいじゃんという意見もあるが、私も役者の端くれなので職業柄そういう訳にもいかない。脱ぐも地獄、脱がぬも地獄、なのである。

そのようなあれやこれやが私を非常に往生際悪くさせている上に最近とんでもないものが発売された。ついに厚生省が初めて認可した発毛（育毛ではない）剤『リアップ』である。これを一日二回頭に振りかければ半年で髪の毛が生えてくるというのだ。

ほおおおんとかよおおお。

……私は科学の進歩の前に震えた。震えながら、なんか、その、買ってしまった。『リアップ』を振りかけながらしみじみ思う。「進歩」というものには「つら味の先送り」という側面がある。医学の進歩だってその先にあるのは言ってしまえば死というつら味の先送りである。五十代で死ねれば「そこそこいけたじゃん」という時代だってあったのだ。鼻の毛穴パックなどという商品が出た時は「ずーっと毛穴黒かったくせに今さら往生際の悪いことやってんじゃねえよ、人間」と思ったものだが、人間は明らかに進歩という名の往生際の悪さに背中を押されてここまでのし上がってきた動物ではある。

鏡の前の自分を見ながら人類四千年の往生際の悪さが愛しくて切なくて、そして、もし、これで毛が生えなかったら今度こそ帽子をやめようと、これは切実に、思う私なのだった。

編注・『リアップ』のCM（一九九九年〜）にはすべて中村雅俊が出演。

さいとう・たかを度数

パチンコ屋は男らしさの宝庫である。

客も男らしければ店員も男らしい。あと、パチンコ屋でキリキリっとなってる女の人はなんて男らしいんだろうとも思う。かの店では女ですら男らしい。当たり前なのである。ここは戦場。戦場とは男の居場所なのだ。彼女がくわえ煙草であればもっと男らしいし、その足元に千両箱が五段重ねぐらいで積み上げてある様はそのまま油絵にして『男らしさ』とタイトルしたくなるほどの野性味あふれる光景だといえる。

「よっこらしょ」

なんつってくわえ煙草のまま、その五段重ねの千両箱を抱えてザーッと、なんていうんだろう、玉数え機？　あれにパチンコ玉を流し込んでたりしてる姿なんてのはもう私のような「女の中の男らしさマニア」にはたまらんものがある。景品交換所で「五十二個余りましたけど？」などと聞かれて「う？」と考え込んじゃ駄目だ。間髪いれず「じゃ、ハイライト」と、「なければヤクルト」と、男らしい女は答えなければならない。間違ってもあの香水ガム『イヴ』なんてものを所望してはいけない。あれほど女々《めめ》しいガムはない。

男らしい女はそもそもガムなど嚙まない。「ビーフジャーキー」。あのスモーキーな感じが彼女たちにはよく似合う。「ジャーキー」と発音する時の「広島っぽさ」も欠かせない。

このようにパチンコ屋は町中でふっと男らしさがほしくなった時に（どんな時だ）気軽に立ち寄れる「男らしさどころ」であった。

しかし。最近のあのCRっていうカードで玉を貸す制度。あれはもう、非常によろしくない。あのシステムの導入でパチンコ屋の空気は男らしさを失いつつある。男らしさの単位が「さいとう・たかを」だとすれば現在のパチンコ屋は「マイナス五十四さいとう・たかを」ほど男らしさが破壊されていると言っていい。

何が悪いってあのカードの残数がなくなりつつあるのにフィーバーしてない時の「ちまちました気持ち」。あれがいけない。なんかね。人を女々しくさせるんですよあれは。「どうしよう、ここでやめるべきか否か。持ち金は三千円。カードを買ってもフィーバーしないかもしれないしかといっていきなりフィーバーきたら残数がもったいないし」など と思案している間にも持ち玉は残り少なくなっていて「いかん。今フィーバーされても肝心の玉がない」という限りなく情けない状況になっていくのである。そういう細かい思案がどうにも店の「さいとう・たかを度数」を引き下げておるような気がしてならない。

などと人に言ったら、フィーバーして玉がない時には「十倍にして返すから」とか言って隣の人から一握り奪うんですよ松尾さん。と、目から鱗の発言を得た。奪うのかああ。しかし、隣から玉を借りるのはえらく勇気がいるし第一ルール違反だしとにかく野性的だ。

新たな男らしさの導入。

そういったものがCR機の導入とともに今、導入されつつあるのである。その先にあるものが一体何かわからんがどうであれこうであれ、パチンコ屋は人を男らしさへと傾けてゆくものであるらしいことだけはわかったのだった。

編注・さいとう・たかをは『ゴルゴ13』などで知られる劇画漫画の第一人者。

ウェルカム白人コンプレックス

「私には白人コンプレックスというものがない」

なんてことを本気で言う日本人がいたらリーバイスのジーンズを振り回しハンバーガーを投げつけジェリービーンズをお口いっぱいに含んで問い詰めたい。「おまえ寅さんとブラピのどっちに似てんだよ」。寅さんでしょうよ。そういう人間が何をか言わんやと。

我々は幼い頃から白人にコンプレックスを持つよう入念に教育されてきた民族なのである。初めて開いた教科書では堂々たるマッカーサー元帥の前でなんだかこぢんまりとしたやんごとなき人を見せつけられ、大量に輸入されるアメリカ映画、その多くの作品の中でかっこいい役は白人であり、ストリップ劇場のシーンなどで「アメリカ人は過激ですなあ」などとびびっている眼鏡で出っ歯の人々はだいたい日本人なのである。別に私は眼鏡でも出っ歯でもない。ないがない人間さえも内面的には白人の前では眼鏡で出っ歯になってしまう。そういうマジックをおのが手でおのれにかけてしまった。それが日本人なのだ。

私は自分の白人コンプレックスを否定しない。英語が喋れない！　などと慌ててNOVAなどに入会するのは愚の骨頂だと思っている。以前ある本屋で、よくいるでしょ、入り口で英会話の教材を売りつけようとしている人々、笹塚の紀伊國屋書店であれにしつこく声をかけられ見事な反論をして見せたおばさんが私の白人コンプレックスにおけるフェイバリット・ヒロインである。

「ああ、そうなの。英語喋れないってそんな悪いことなんだ。でもね、私が英語喋んなきゃいけない時は通訳雇うよ。私がちゃんと英語覚えるよりも通訳雇うくらい偉くなるほうが絶対早いもの」

隣で『五体不満足』に手をかけていた「語学不満足」の私はけだし名言と拍手しそうになった。そうそう。かの竹村健一もこんなようなことを言っていたではないか。

「だいたいやね（懐かしい）。パソコン使えるようになる前に、パソコン使える奴を使えるようになればええのやないの？」

その手があったあ！

と同時に数年前の出来事が蘇る。

当時私のエッセイのイラストを描いてくれていたフランス人が初来日し、私と会おうということになったのだが通訳の質が悪く、私がマネージャーをフランス人に紹介する際、「ま、結局彼女が主導権を握ってますよ」と言ったのをどうしても同時通訳できず、それはそれでよかったのだが、三十分後くらいに別の人と私が喋っていると「思い出しました松尾さん！」と彼女が息急き切って私をフランス人の前に引っ張り出したのである。

「ヒイ。コントロール。ハウ！　ヒイ、コントローーーール！　ハウウウウ！」

顔から火が出たし私の内なる白人コンプレックスのほむらに思い切りガソリンを注ぎ込んだ忘れえぬひと時だった。

そんな悪夢を思い出しているうちなかなかに優秀な通訳に仕事で出会った私はある素晴らしくもくだらない計画を思いついたのだった。

これは私と私の白人コンプレックスに関する飽くなき戦いの記録である。

（以下このテーマ次回へ）


編注・『五体不満足』は、乙武洋匡の一九九八年講談社刊の大ベストセラー。

六本木外人定点観測隊

しかしなんなんだこの暑さは。あうう。

唐突だが、最初から「だめかも」と知りつつそれでも挑む勝負はままある。いや、もしかしたら人生そのものが「死んでしまう」ということを前提としている負け試合であるともいえる。いや。いやいや。これはそんな大げさな話ではない。この夏の尋常でない暑さがことを針小棒大にしている。

私と担当のAそして通訳のIはその蒸し暑い夜、六本木のアマンド前交差点に集結していた。私の「六本木に集《つど》う外人たちはよくニヤニヤしながら立ち話をしておるが、あれはいったい何を語っておるのだ。まさか、日本人をクスリでイチコロにとか、日本人て食えるの？　とかそんな物騒な話をしてんじゃねえだろうな」というなかば被害妄想の入ったかねがねの疑問をはらすべくである。まあ要するに在米六年というなかなかなキャリアを持った通訳のIさんにあの怪しい外人どもの立ち話を立ち聞きして日本語訳してくれよと。無論このくそ暑い夜中に大の大人が何をしているのだろうという疑問はおのおのの腹に確かにあった。アイス食いてえよ、というのもあった。あったかもう集まってしまったものは仕方ない。我々は『六本木外人定点観測隊』というちょっとシイナの匂いのする一団と化し、外人どもの話題を収集したのだった。

背が高くハリウッドつうよりアートシアター系かっこよさの漂う白人男二人組の会話。

「君んちの下宿どう？　大家うるさい？」

「そうでもない」

アマンド前に延々立ち尽くしているピンク薄禿げ二人組。

「六本木より麻布の方がいいよね」

「そうだね」

……普通じゃん！　何、おまえらわざわざ日本に来て日本人みたいなこと喋ってんの？　もっとよそ行きなこと喋ってよ。

レゲエ頭の黒人二人組。見るからに不良。これは期待できそうだ。しかも二人とも弓に太鼓がくっついたような武器のような楽器のような不思議なものを持っている。

「これで日本人殴ろうぜ」「ああ。武器のような楽器のようなもので殴られるのはきっと屈辱さ」。それくらい喋っててくれよ。ＧＯ！　Ｉ！

「こないだハワイ行ったらやらせてくれそうな女がいた」「……それで？」「やらせてくんなかった」「……ふうん」「だめ……ハワイは」

おまえら平田オリザか！　武器のような楽器のようなもの持ってなんで静かな演劇か！

結論。外人て普通。普段着。定食でいうとB。名前はみんなボブ（意味不明）。

この他にも十数人の外人たちの話を目を血走らせ立ち聞きしたがこれといった収穫もなく逆に黒人の客引きたちに「あいつら、なんか恐い」という目で見られもし、我々は泥のような疲れを引きずりつつ外人のたむろするというバー『モータウンハウス』へ。

物凄かった。広い店内にひしめき合う外人の群れ群れ。金曜の夜ということもあってすでに鮨詰め状態の店内に、これでもかこれでもくらえとばかりに外人が詰め込まれ、もう店内は「外人おこわ」状態になってマドンナやリッキー・マーティンなどのどうかと思う選曲で踊り狂っておるのだった。「松尾さんも踊ったら？　そしたら何か見えてくるかもよ」とのよくわからないIのすすめもあって、私は外人おこわの具になって踊り狂ったのだった。「ああ、マドンナで俺、踊ってる……」。

夏だ。夏がおいらをそうさせたんだ。でも、なんとなくその夜、気のせいなのかなんなのか、私の外人コンプレックスは一部解消されたような気がしたのだった。

編注・リッキー・マーティンの『リヴィン・ラ・ヴィダ・ロカ』は、世界中で大ヒット。郷ひろみのカバーも話題に。

・平田オリザは「青年団」主宰の劇作家。二〇〇六年からは大阪大学教授も務めている。

♪む〜す〜

これは日本人について考えるエッセイなのであって今日本でとてもタイムリーな話題になっている『君が代』問題について言及しないで何をどうすんだ松尾よおというのがある。あるが困ったこともある。

先日もとある団体から「『君が代』に反対する会のようなものを作りたいので松尾さんも是非賛同してください」というファックスが届いたが、丁寧にお断わりした。なんで私が『君が代』嫌いと思うかな。むしろ世界中の人間が『君が代』を歌えばいいのにとすら思っている私なのにである。六本木でナンパしている黒人とか、日本人と寝た数だけ『君が代』歌えよと。

ただ一作家として言えるのは「あれって歌としてどうなのか」ということだ。つまり「歌いにくいよ、あれ」というのが鋭く第一にある。

歌い出しがまずあまりにも低すぎる「♪き〜」でいきなりキイがとれないのである。カラオケならリモコンのキイコントロールボタンをせわしなく押したいところなのである。「♪千代に」はまだやりすごせるが「♪八千代に」の辺りから雲行きが怪しくなってくる。

「……ちょ、ちょっと高くないか？」。

もちろん心配なのは次にやってくるビッグウェイブ「♪さざれ石の」である。ことに「♪石の」のかん高さは「大人げないよ」とすら思う。作った人はあまりにも人間の歌唱能力を過信してはいまいか。出だしの「♪き〜」で菅原文太のような「朝日ソーラーじゃけん」のような声を出させておきながら、その舌の根も乾かぬうちに「♪石の」で大屋政子のような「うちのお父ちゃんがな」みたいな声を出せというのである。椎名林檎くらいの歌唱力があればなんとかなろうというものだが、おおむねの国民には所ジョージくらいの音域しかないのである。せいぜい「♪年末ジャンボ、たからっくじ」くらいしか歌えないのである。

「♪い〜しひいい〜〜のおお！」

我々は目を見ひらき、首にいくよだかくるよだか忘れたが、そういった関係の筋を浮かび上がらせ号泣《ごうきゅう》せんばかりに絶叫せねばならないのだ。それに比べたら「♪巌《いわお》となりて」の気持ち良さはどうだ。もう温泉気分である。我々は「♪巌となりて」が大好きなのである。いつまでも『♪巌となりて』と歌い続けたい。しかし次なる試練は目前に迫っている。

「♪苔の」だ。「♪苔の」がくる瞬間が恐い。

またもやここで我々はおのが音域の狭さを思い知らされるのである。「早く家に帰って寝たい」という気分にさせられるのである。思うに『君が代』に反対する人々は「♪石の」と「♪苔の」に反対しているのではなかろうか。それなら私も納得できる。「♪石の」「♪苔の」には微妙な立場をとらせていただきたい。でも「♪巌となりて」は大好き。それが私の現在の『君が代』に関して胸を張って言える唯一の意見である。

ちなみに私の妻は「♪む～す～」という部分が好きで「♪まあああでええ」は「息が最後まで続かねえよ」という理由で反対だそうだ。

今股間にある危機

今回は男性器の話である。うう。男性器と書くととてもいやらしい。が、別のいわゆるポピュラーな世間一般になれ親しまれた三文字の呼び名で書くと、前回に引き続きまたもや『ぴあ』編集部を悩ますようなことになりかねない（実は前回の原稿は三度書きなおしました！　迷惑かけてすんません！）。どうだろう。『ぴあ』と三文字呼び名が両者歩み寄って『ぴんこ』というのはいかがだろうか。『ぴあんこ』じゃボンゴレみたいだし。私は両者歩み寄ってもらうのが大好きな人間だ。『ぴあ関西版』と『関西ウォーカー』も歩み寄って『関西ウォーぴあー』になればいいのにと思うが、なったところで何がどうなるものでもないというのもある。

それはともかく『ぴんこ』の話である。

あまりにもくだらないので木陰のハンモックで白玉でも食べながらだらしなく読んでいただきたい。

以前ライターの鶴見済氏と対談した際、彼が自宅では常に全裸であり親の前でも『ぴんこ』丸出しであるとの話を聞いて度肝を抜かれたことがある。「だって楽じゃないすか。

松尾さん、何守りにはいってんすか」って、いや、楽とか以前に危険じゃないのかそれ、というのが私には鋭くあるのである。私は家に一人でいる時ですら、とりあえずパンツだけは脱がない主義なのだ。『ぴんこ』はもう、守りに守る。『ぴんこ』を守るついでにズボンをはき洋服を着ているといってもいい。お洒落なんて『ぴんこ』を守るための言い訳にすぎない。だってだってだって、家の中には危険がいっぱいではないか。針、はさみ、煙草の火、アロンアルファ、クリップ、机の角、パチンガム、とりもち、といった見るからに危険なものが家の中には満ち満ちてそしてスキあらばと狙っているのである。どうしてそんなデンジャラス地帯でこんなガラス細工のように繊細なものをさらすことができようか。

　ましてや人前など言語道断である。

　しかし、あれなのだ。困ったことに最近私はスポーツクラブに入会したのだが、その更衣室が問題なんですわ。みんなもう、ほんと、堂々とさらしてるのな。もう『ぴんこ』の泉なのな。泉『ぴんこ』なのな（やっぱり書いてしまった）。いわばもう、戦争なのであって、ここで自分はどうでるべきか、というのに悩まされるわけですよ。出すや出さざるや。いや、多勢に無勢、隠すほうが恥ずかしいという状況もあるのである。半分だけ出す、というのも女々《めめ》しい。女々しいしむつかしい。やはり白人は凄いな、と思う。私が通うスポーツクラブには白人の方が多いのだが、どうしてああ白人というものはどこでも「自分ち」みたいなメンタリティーを持っていられるのだろうか。両手にドライヤーを持ち「二刀流」で『ピンクのぴんこ』丸出し丸裸の体をブワーッと乾かしている白人などを見かけた日にはもうあきれを通り越して感服いたしました。あれはもう見事な「勝ち組」の『ぴんこ』だった。こりゃあ戦争に負けるわい。更衣室では、まだ太平洋戦争は終わっていない。

私は日本人を愛し『ぴんこ』を守ってやまない男であるが、ことスポーツクラブにおいてのみは、きもーち白人に歩み寄らなければ「更衣室」という戦場を乗り切れないな、などと思っているのである。

悶々！　池袋東急ハンズ前

踊ってたら久々にお尻から先輩が出た。

先輩とは、痔のこと也。痔には「力」がある。

この私にアルコールを控えさせる。それは力だ。力あるものはみな先輩である。そういう意味では「人を寄せつけない」という力を持つ「ゲロ」なども先輩だし（この間も駅で二人の先輩を発見し気持ち悪くなりました）、「発狂」なども有力な先輩であるといえる（この先輩も駅でよく見かけますが自分は特に挨拶はしません）。しかし、痔は悲しい。二度悲しい。痛くて悲しくて、なのに笑われてなお悲しくて。その上今回の先輩はかなり深刻面《づら》だ。鏡で見たら眉間に「ガー」縦皺が入ってた。見事なストロングスタイルである。おかげでなんか「ヒクヒクッ」くらいにしか動けない私なのでとても仕事なぞできません。なんて言い訳をしつつテレビを観ていたら、犯罪界では別の先輩が凄腕を振るっていた。凄腕には包丁とハンマーが握られていた。

池袋の大型雑貨店前で二十三歳の通り魔。二人が死亡。数人が重軽傷とのこと。

大型雑貨店。東急ハンズのことである。あるニュースでは日用品店と呼ばれていた。日用品店って……と思うが、確かに東急ハンズを別の呼び名で呼べといわれてもすぐには思い浮かばない。ハンズはハンズだ。というしかない。「俺が法律だ」みたいな傲慢にこそ東急ハンズの強みがあるのだ。ま、それは、おいといて、この事件は私に非常に複雑な感慨をもたらしたのだった。犯人先輩は上京し仕事に行き詰まり、人でも殺してやろうと池袋ハンズの前にたたずんだ。その時、二十三歳。

　実は私も二十三歳という上京したての頃、仕事に疲れ果て、よくあのハンズの辺りをあてどなくうろついておったのである。なんだろうな。池袋沿線のアパートに住んでいた美大上がりの田舎者の私にとって、池袋は都会の象徴であり、そのど真ん中にそびえ建つ池袋ハンズの前に立つことは、出社帰宅出社帰宅の毎日の中、自分が「なんでわざわざ東京にいるのか」という自問自答のための作業だったのではなかろうか、と思うのである。まあ、でも「とりあえず東京にいる」ということは確認できるけれど「なんで」などということはハンズの前に立ってもわかる訳がない。ハンズだってそんなこと答えようもない。ハンズにも、限度がある。そんな訳で、なんか、友達のいない田舎者はハンズの前で「アーッ」ってなるのである。私はよくあのハンズ前の雑踏の中「アアアーッ」ってなった。「俺いけてねえええっ」ってなった。なって考えるのをやめてようやく雑踏に紛れた。紛れて忘れて時が経《た》ち、私は東京の雑踏の一員になった。

犯人先輩はついにハンズ前の雑踏に紛れることができなくて、それで雑踏の方を始末してやれなんてことを思ったのではなかろうか。まったく、ひと事じゃないと今回は考えるのである。

「おめえら、雑踏だ！　俺は違う」。当時の私だって「いけてなさ」の反動で十二分にそういう発想の先輩になる可能性はあったのだ。

二十三歳の先輩は多分もう一生雑踏には戻れないなあと思う。関係ないが捕まった先輩のTシャツに刺繍された「トメ」って小さい字、あれはなんなのだ、なんてこともそぞろ思う。

あの頃の痛い自分を思い出したが、とりあえずお尻の先輩が今一番痛い。

編注・池袋通り魔殺人事件（一九九九年九月）では、男は計八人に刃物やハンマーで襲いかかり、二人が死亡。二〇〇二年東京地裁で死刑判決が出るも控訴。二〇〇三年控訴棄却。

『バイオハザード日本編』を望む

待ちに待った『バイオハザード3』をサクサクとやり終えた。小説書いたりNODA・MAPの稽古で走り回ったり痔の手術をしたり、文化人と肉体労働者と病人が渾然一体となったスラップスティックな日々を送る私だが、それでもなぜか『バイオハザード』をやる時間だけは「甘いものは別腹」的にこしらえる。筋金入りの「ハザーダー」なのである。

しかし、今回失敗した。忙しさについ挫《くじ》けてイージーモードを選択してしまったのである。これがまたヌッルイの。インクリボンは無限大にあるわ。弾薬は売るほどあるわ。ちっとも追い詰められないのである。なんかもう「ここはお風呂?」と聞きたくなるほどの温かさなのである。お風呂の中でゾンビを撃ち殺しても恐くないのである。ババンバババンバンバンなのである。まあ、それを抜きにしても、やっぱなあ、刺激というものに人は慣れてしまうものなのか。3より2が、2より1が恐かったよとため息してしまう私なのだった。『ダイ・ハード』しかり『エイリアン』しかり、凄く先回りして言うが『オーステイン・パワーズ』しかり、三作目というのはなかなかに苦しい。糸ようじだって洗って使えるのはせいぜい二度だ。え? 洗わない?

もし次があるのなら。愛のある「ハザーダー」は熱望するのだ。是非日本編を作っていただきたいと。もちろん人間が「元人間」を殺すというヘビーさを緩和させるために舞台を外国にしたという意図はわかる。しかし、3をやってわかった。これから『バイオハザード』に必要なのはより肉薄したリアリティーだ。それには我々が暮らす国にゾンビを出現させるしかない。とりあえず日本を舞台にしたアクションものが成立しにくいのは、外国ものみたく「武器の入手」の理由づけが難しいという限界があるからだ。そこをクリアするためには武器を超える日本独自のみみっちいどろどろサスペンスを作り出せばいい。それは身内からゾンビを出してしまったという「恥」と「しがらみ」のサスペンスである。

日本でゾンビ出現を可能にするためには、舞台が土葬の習慣があるような極端な田舎であることが必要だ。田舎は身内と旧家と盆暮れの挨拶によって構成されているものだ。さる旧家の裏には帝国陸軍が密かにウイルスによる「死体再生」を目論んでいた研究所があった。つい何かのはずみでそこに入ってウイルスに感染してしまった旧家の嫁。姑との確執により自分がゾンビになってしまったことを言い出せず、実家に相談にいくが、もちろん娘の親たちは「身内の恥」とそれを隠す。突然「あーあー」としか言わなくなった嫁に夫は困惑し、酒と博打に逃げる。増え続ける借金。追い打ちをかけるような米の不作。牛馬の逃走。そうこうするうちにもゾンビは増えるが「村の恥」と村会長は事件を隠す。しがらみと村の掟と身内のかばいあいがもつれあううち事態はとんでもなくドロドロした悲劇に……。世界初の人間関係一体型ホラー『バイオハザード4・身内の恥』！

誰か『カプコン』の人。これ読んでたら私と仕事しませんか。少なくともダイアローグだけはメチャメチャおもしろくなる自信はあるんですけど。

松尾・案の定、『オースティン・パワーズ：デラックス』（一九九九年）、『オースティン・パワーズ／ゴールドメンバー』（二〇〇〇年）〝しかり〟だった。

編注・稽古中の公演とは、一九九九年十一月〜十二月に上演された『パンドラの鐘』。

・『バイオハザード3』は一九九九年九月に発売。『バイオハザード4』は二〇〇五年一月に発売された。

暇さ　暇さ　暇さ

いきなりだが忙しい。芝居の稽古と原稿書きでまったく暇がない。映画も観れない本も読めないあれほど眠くてもビデオだけは観てたのにそれもない。たまにゲームの電源を入れてシーマンに挨拶するばかりである。そのシーマンにも「えさくれ。餓死するぞ」と文句ばっかり言われるし。ホームページの日記はとどこおっているし、まあ、なんというありさまか。

こういう時はせめて全身どっぷりと暇に浸り暇に磨きをかけ、テカテカと暇光りしていたあの頃のことを思い出してみよう。

青春時代。

私はとっても暇だった。

美大の卒業制作が自分でやっててどうしても気に入らなかった私は親に頼み込み自らバリカンで坊主になって留年を決め込んだ。美大に五年も通って、今は文筆でしのいでいる私。何をやっているのだろうとは時々思う。それはともかく。残る単位は卒業制作のみである私には当然あり余る時間があって、で、親にも申し訳ないのでバイトでもしようということになって、学校の傍《そば》の海の近くの地味なデパートの、そこのポップ部というところで働くことになった。「肩ロース五百円」とか「綿」とか「レーヨン」とか、そういうのを絵の具で書く仕事である。ちょうど前任者が辞める時期で、私は八畳ほどのポップ部屋で素人のくせにたった一人で働くことになった。

ところがこれがまた暇な仕事なのである。

たまにパートのおばちゃんたちが「よろしくねーん」とかドサッと仕事を持ってくるのだが、要領を覚えると翌日分の仕事まで二時間くらいでやり終える。そうなると出勤するはいいけれど一日誰とも口も聞かず、することもないという日々が一週間に三日くらいの割合で訪れるのである。私は暇な時間を海にタコを取りに行ったりデパートの本屋で松本伊代の写真集を万引きしたり好きな女の子のために店の材料で絵を描いたりして、暇をつぶすために働いた先でさらに暇をつぶすという暇の重ね着状態に突入してゆくのであった。

しかし、まあこれではいかんと、ポップの時間が終わると白衣に着替えて、同じデパート内にある回転寿司屋でも働くことになる。この仕事には余禄があった。その日余った寿司を折り詰めにしてもらえるのである。これを下宿している留年仲間の貧乏な友達に持っていくと「松尾、おまえはなんて偉い奴だ」とえらく喜ばれた。彼らは留年のせいで仕送りを制限されており、ピイピイと親を待つ雛鳥《ひなどり》のごとく腹を空《す》かせていたのだ。で、そのうち私のバイトの日は、余り寿司で夜を徹して酒盛り、というのがほぼ日課となっていったのである。

私は今でもあの頃、自分の「暇」は確実に二人の友達を「育てた」と思っている。一人は後にテーマパークの設計士になり、一人は竹細工職人になった。よく、育った。

二人が真っ当な道を歩み始める頃、私は東京で失業し、さらなる深刻な暇状態に陥り、ある女の人に完全飼育されることになる。

どちらにせよ、もう、遠い昔のこと。

今はシーマンを育てることで精一杯の日々だ。


編注・この竹細工職人を主人公に執筆されたのが、日本総合悲劇協会公演『ドライブイン　カリフォルニア』。初演は一九九六年。二〇〇四年四月〜五月に再演。
・『シーマン〜禁断のペット〜』は一九九九年七月に発売。

嗚呼！　涙々のＪＡＣ棒！

前回に引き続き、ＮＯＤＡ・ＭＡＰの稽古のおかげでまったくもって忙しい苛酷な日々である。疲れすぎて眠りが浅く「藤原竜也は実はイギリスで七十九歳のお婆ちゃんから生まれ、しかも生まれた直後に射殺されているので、今テレビに出ているのは本物の藤原竜也じゃないんだよ」という不気味な噂を北村総一朗に耳打ちされる、といったような訳のわからない夢ばかり見るし、どう考えても体にガタがきているのでマッサージに行ったら、この筋肉のはり方は現役のスポーツ選手ほどに体を使っていると指摘され「ううふううん」と腕を組み感慨に耽《ふけ》ってしまう私なのだった。

私という人間はそもそもなにはともあれいかなる時も「体育見学者」だったのである。

中学生の頃、これといった自覚症状がないままに血尿が出るという原因不明の腎臓病にかかり、入院してから大学に入るまで、私は「とりあえず疲れてはいけない」という理由により体育の時間は常に見学者であることを余儀なくされていた。よって体育の成績は常に「2（お情けで）」であった。

いけてない。

思う様、いけてない事態なのであるこれは。

果たして発育盛りの時期に体育が「2」であること以上にいけてないことがこの世にあるだろうか。少なくとも、デブなのにおっぱいがないとか、カリスマ美容師なのに免許がないとか、お子さまランチなのに旗が立ってないとか、そういったレベル以上のいけてなさなのである。

一番の地獄は体育祭の時期だった。

なんっにもすることがない。

という立場なき疎外感に包まれて、体育祭を通過するたびに、もともと地味目だった私は、もう、おはぎの中の正露丸のごとく、目立たない内向的な人間へと、すこやかにはぐくまれていったのだった。

当然もてないですよ。これはもう、ザックリともてないですよ。

私の青春の記憶の中で一番切ない出来事。それは卒業の時に女の子なんかがクラスで色紙を回して「一言ずつちょうだい」なんてことをよくやっていたのだけど、常に私の所にそれが回ってくるのが「最後から二番目」だったのな。そして最後の奴は誰もが認める「特別なクラス」すれすれの奴だったのな。「すれすれ」に、すれすれかい、と。

そんな「いけてない」「もてない」「立場もない」私が、なんの運命のいたずらか、今や現役スポーツ選手並みに動いて、いやらしい言い方だが銭を稼いでいるのである。不思議でならない三十六歳なのである。

あるシーンではこの私が階段の上から「物凄く重い棒」を役者に投げつける。私はこのシーンをやるたびに少し涙ぐみそうになるのだ。「棒が重いよ」というのも確かにあるが、投げつける相手がほぼ全員ＪＡＣ出身という体育会系バク転俳優たちであるほどに、「全国の体育見学者出身者」の意地を勝手に代表して「負けねえぞ！」という気持ちになるのだ。

「休み時間、立場がなくて机に突っ伏してるみんな！　俺はＪＡＣ四人に棒投げてるぞ！」

そう思うから、どんなに棒が重くても私は投げ続けるのである。

でも、本当にこの姿を見せたいのは、いつも膝を抱えて体育を見学していた、あの「すれすれ」にすれすれだった頃のよるべない自分自身に他ならない。

編注・真田広之、志穂美悦子など一流のアクションスターを輩出してきたＪＡＣ（ジャパンアクションクラブ）は、二〇〇一年、ＪＡＥ（ジャパンアクションエンタープライズ）に商号を変更。

奴ら……本気だよ

私は多分、眠るのが好きじゃない。

寝つきが悪く目覚めるのが早い。ここ二、三年は睡眠薬に頼らなければ、布団に入るのが午前三時、寝つくのが午前七時、最初の目覚めが午前十時、以降起きたり寝たりしながら悶々《もんもん》と午後二時頃まで布団の中で睡眠と格闘、といったようなありさまとなる。だから、しっかり寝ようとすると非常に疲れる。まんじりともしない、というが、私はまんじりするのが下手な男なのである。加えて、私の妻というものが非常に寝つきがよく、かつまたいつまででも寝ていられるという人で、この間も、私が外で飲酒して三時に帰ったらすでに寝ていて、そのまま昼の十二時まで寝て、昼飯後、三時から六時半まで昼寝して、夕飯がてら少しお酒を入れたら「酔った」と言って九時には床に入り午前一時くらいにトイレに起きた以外はそのまま朝九時まで熟睡、といった、凄く「まんじりとした女」であって、まんじり下手の私は悔しくてまた眠れない、というような悪循環がそこにあるのであった。

さて、眠れない人間はすべての眠れる者に対し、孤独である。眠れずに町を歩いていて、家々の窓明かりが消えているのを見ると、どんどん恐くなってくる。今、これだけの人間が一つ一つの部屋の中、おのおの意識不明な状態に陥っていると思うと、なんか自分だけ「意識の世界」にとり残されたような気がして非常に恐い。意識不明、ということは自意識やら体裁やらによって守られていない「剝き出しの心」が、そこに横たわっているということで、恐いのはその心が単に休んでいる訳でもなく、せわしなく夢を見、活動しているという点にある。『麻酔』という映画は、たしか不倫している妻が全身麻酔をかけられてうわ言で浮気相手の名を言ってしまうのを恐れ、麻酔なしで手術に挑む、といったようなお話だったと思う。寝る人は、剝き出しだ。

私はよく寝る上に寝言を頻発する妻を持ったゆえに、その剝き出しの世界を垣間見ることができる。「他人の夢を覗いてみる」というのは、ある種人類にとってSFチックな夢だが、寝言は唯一《ゆいいつ》人の夢にリアルタイムで触れることができる「ひなの的」に言えば「カワイイ制度」なのである。

ある日も夜中に妻は突然つぶやく。「鉄塔の横の二階建ての家です、すぐ来てください」。どうやら我が家に警察を呼んでいるらしい。

「松尾さん、何してるの？　窓から離れて」

突然、私に叫ぶ。そして低くささやく。

「奴ら……。本気だよ」

なんか物凄くハードボイルドな夢を見ているのである。その後、妻は「うっ」と呻《うめ》いて私に「……今までありがとうよ」と言いながら絶命してしまった。

夢を実況されるのは恐い。

寝言のおばけ屋敷ほど恐いものはないのではないか、と私は思う。より抜きの寝言野郎を館に集め、その寝言を逐一マイクで拾い放送するのだ。「お尻が……浮く」「……毛髪力」「ぴっちゃぴっちゃぴっちゃ」。そのような意味不明な言葉がうずまく屋敷を我々は暗闇の中、さまようのである。世界の著名人の寝言を集めた本の出版も考えている。クラーク・ゲーブル「何？　それ、……鼻に詰めるの？」とか。どうだろう。

眠れずにいるシリアスな孤独を相手に、私はくだらないことばかり考えている。

編注・「ひなの」＝吉川ひなのは一九九九年二月にSHAZNAのIZAMと入籍。会見で「結婚というカワイイ制度があるんだから、それに乗らない手はないでしょ」とコメント。しかし、わずか半年後に離婚。その後、IZAMは二〇〇六年に吉岡美穂と再婚した。

優しさ迷子

私が日々考えていることの一つに「優しさとはなんぞや」というのがあるのである。この世で親切などというカワイイ制度（注・なんか気に入ってる）を持つ動物は人間だけだ。

人間が人間に、のみならず、人間がクジラに、人間がトキに、そんな異種間親切といったものまでもが、日々我々の世界では時に大仰に時にさりげなく横行しているのである。我々が猫にエサをあげたからといって、猫が「肩でもおもみしましょうか」などという殊勝な心がけを見せてくれるだろうか。クジラが「保護してくれてありがとう。あ、ちょっと待って」などと言って肩についたゴミをとってくれるだろうか。ありえないのである。動物は親切にされっぱなしなのである。脱いだら脱ぎっぱなしなのである。よくわからんが、むかつくー。しかし、当たり前なのである。それは動物が人間よりも弱い存在であるからだ。我々は動物に親切にすることもできるが狩ることもできる。親切は、強さだ。

さて、私も人の子、常日頃他人には親切でありたい優しくありたい、そう願っている。しかし、実際それが実現しているかというとはなはだ怪しいものがある。

「優しさ」には「技術」がいる。「技術」ある場所には「資格」が派生する。

この間も稽古場で一人の女優が怪我をした。その際「優しさ」に関して五つのタイプの人間が存在することを私は知ったのである。

①立ち上がり、駆け寄り、手当てする人。

②立ち上がり、駆け寄り、「大丈夫?」とか心配している人。

③立ち上がり、駆け寄ろうとするが「あ、自分は邪魔になる」と思ってボンヤリする人。

④なんとなく立ち上がっただけの人。

⑤立ち上がって「することがない」と素早く判断し、すぐ座る人。

この人たちは優しい。一様に優しい。

一般的には①の人が「一番偉い優しさ」を持った人間とされるだろうが、彼らの優しさは平等である、と考えたい。私はちなみにその時③のタイプであった訳だが、決してその「優しさ」において①の人に劣っているとは思えない。①の人は、たまたまその集団において「優しさ」の「技術」が優れており、優れておるからこそ、その女優に一番優しくする「資格」があったのである。一番に優しくする者は、その集団において「優しさエリート」である。エリートは偉い。しかし、③のごとく「気持ち」だけがあって何の役にも立たない「優しさ」、そういうものも捨てがたいなあ、と思うのである。⑤のごとく立ち上がってすぐ座るのも、役に立ってない点で言えば素早い動きを見せた②となんら変わらない。

平等であると。

ボンヤリしながら、私は心で叫びたかった。ただ、「資格」がなかっただけだ。その場では②③④⑤の人は「優しさ弱者」だといえる。彼らの「優しさ」は宙に浮くのみであるが、エネルギーは不変だ。いつかこの空気に紛れた「優しい気持ち」が何かの偶然でこの世にいいことを起こすと信じたい。

未だにスムーズにバスで老人に席を譲れない私がいる。

「自分は他人に席譲るほどの身の丈や？」

私にはまだ力量がない。そう、常に謙虚な気持ちで、私は席を譲れないのである。

性分に抱かれて眠りたい

今回は冒頭からかましてしまいます。

生きる。

という言葉は、果たして妥当であろうか？　順当なのであろうか。

かましてしまいました。

動物は自分の意志で生まれてくるのではない。アイ・ワズ・ボーン。生みおとされたのである。生きるという言葉には多分に意志というものを感じる。しかし、我々はそうそう意識して「生き」ない。酸素を吸って、二酸化炭素を吐いて、右足出して、左足出して……。いちいち考えない。まあ、不治の病に冒されでもしない限り、我々は意識的にカチッと生きていない。なんだかダラーンと生きている。そういうものだ。

生きてしまう。

タンスが「組み立てられてしまう」ように、おちんちんが自然に「左に寄ってしまう」ように、なすすべもなく我々は「生きてしまう」生き物だ。我々の生きざまには「生きる」なんて構えたものより、こういういくぶん腰のひけた表現の方が順当であろう。

性分。てな、言葉がある。〇〇せずにはおられない。わかりやすく言えば「たち」という意味である。「俺ってペイズリー柄見てるだけで二時間つぶせるたちなんだよね」の「たち」である。そんな「たち」の人はいないけれど、とりあえず我々を「生きてしまわせる」大きな要因がここにあると思う。

私にだってもちろん「たち」はある。むしろ、「たち」が松尾という服を着ている、と言っていいくらいだ。例えば私は歯磨き用のマグカップというものを必要としない「たち」だ。いつも最後は手のひらで水を飲まないと「おられない」のである。昔はつき合う女が替わるたびにマグカップを洗面所に置かれたものだが、ついぞ使ったことがない。もちろん今の我が家にもない。なぜだかわからない。いつからこうなのかも記憶にない。「たち」の困ったところは「たちだから」としか説明できない点にある。機械に触る時、手が震える。コーラを飲む時コーラを持っていないほうの手がパーになっている。しょうがない。「たちだから」としか言えない。

説明責任放棄。

この性分というものの説明できなさに、生きるということの謎が含まれているような気がする。大概の性分は人の人生をいたずらに不合理に複雑にするばかりである。あるが我々は性分からは逃れられない。よって我々の仕事はおうおうにして手間どり遅れる。そう、今回声を大にしたい命題にやっと辿り着いた。

私の仕事は、いろいろと遅れておる。「仕事を断れない」という性分に押されてである。こまごま引き受けるからである。もちろん、そんな言い訳は通らない。が、自分に対して、くらいはその程度の言い訳を通したっていいじゃないか。性分とは生きてしまうこと。そして仕事を断れないこと。すなわち、生きるのと同じレベルで私の仕事は遅れておるのである。

すべての編集者がこの原稿を読むことを今、私はせつに願う。冒頭かましておりながら、最後はへたれな言い訳で終わる。性分という言葉に甘えて抱かれて眠りたい夜。そんな夜がたまにはあったっていいじゃないか。

焼酎貴族の多忙な日々

いや、ま、忙しいのである。

う、ぐくく、と忙しいところに持ってきて年末進行（作家には大晦日も正月もないってのに、編集者が冬休みをとるためにスケジュールが繰り上がっていくという、割礼のごとく恐ろしい風習）によって締切はドンドコドンドコ早まるのである。さらにたち悪いことに私は激しい舞台をやっておるおかげで今、右手に二本左手に一本の突き指を抱えていて、ワープロを打つのが非常に困難な状況にある。五打に二打は打ち損じてしまうといった、ああああもおおお、てな按配《あんばい》なのであることよ。突き指を甘く見てはいけない。道歩いてて、背中がかゆくなっても、かけないんだから。おかげで、そういうどうにもならない時人はどうするのか、学習した。なんだかわからんが、「早歩き」になってしまうのである。だから競歩の選手なんてのはあれだ。あらかじめ指を突き指にしておいて、背中にヤマイモかなんか塗って「かいいいい」って面持ちでスタートさせるとよいのではないかしらん。

さて、いつもにも増してくだらない私だ。今回はそんな私をとくとご賞味いただきたい。

しかし、どんなに忙しくてもなぜだろう、不思議なことにお酒を飲む時間だけは作れてしまうという謎がある。甘いものは別腹、酒は別脳、ということか。もちろん、鋭く日本人でありたいというか、これ以上日本人でありたい私は焼酎党だ。だが飲んでいて最近驚くのは焼酎の種類の豊富さと名前の無分別さである。芋焼酎、そば焼酎、麦焼酎なんてのはお馴染みの面子《メンツ》であったが、大きな酒屋に行くとあるわあるわ、ニンジン焼酎、コーヒー焼酎、梅紫蘇焼酎、ジャガイモ焼酎、温泉焼酎、果ては、牛乳焼酎なんてのまで出てきてござる。牛乳で焼酎ですよ、ああた。うまいんですよ、悔しいことに。それらにまたいちいち『鍛高譚《たんたかたん》』だの『黒馬ポシェット（まったく意味不明）』だの『魔王』『千年の夢』だの『カピタン』だの『珍』だの『どんなもん大』だの『いっぱいどう大』だのと、凝ってるんだかヤケクソなんだかどうなん大？　みたいな名前がついてござる。日本酒の世界は『松竹梅』とか無難なのに、もう、焼酎界のネーミングの野心たるものはどうだろう。今の日本の子供たちのアナーキーな名前のつけ方に共通点を感じるのは私だけだろうか。古田新太の子供なんて『アロエ』ですぜ。うちの隣の子供に至っては『情』と書いて『こころ』ちゃんですぜ。どうなん大（しつこい）？　この野心は。

　で、私の結論なのだが「焼酎はもはやその辺にあるもので何からでも作れるし、どんな名前も許されるのであります！」と、なんで演説口調なのかわからんが、そういった治外法権的な勢いを焼酎世界には感じるのだ。そこで、これから出てきそうな焼酎を考えてみた。紙焼酎『恋文』。磁石焼酎『くっ月』。鼠焼酎『ちゅう2』。鉛筆焼酎『芯の里』。正露丸焼酎『下痢』。机焼酎『ひきだしの夢』。針金焼酎『指に巻いて鬱血』。ラジオ焼酎『電波が来る』。ステンレス焼酎『バン！（カップ焼きそばのお湯を流しに捨てた時の音から）』。

やめよう、疲れが増す。

しかし、映画を観る暇も本を読む暇も美術館に行く暇もない今の私にとって、唯一クリエイティブなものに触れる時間、それが酒屋でいろんなバカな焼酎を眺める時だったりするのである。まったく焼酎貴族なのである。

困ったものだ。物凄く。

遠慮道

こういうことを言い始めると「もはや松尾もオヤジになったか」と思われそうだが、もう、我慢できないのであえて言わせていただく。「じゃあ、あんたがオヤジでないのは我慢しているからなのか」と挙げ足とられることを承知の上でだ。

どう考えても焼きすぎだと思う。ヤマンバギャル。

ああ、ゆうてもうた。ベタだ。確かにベタな主張だ。

しかし、ルーズソックスも首から携帯かけてんのも地べたに座るのももはや気にはならんが、やはりちょっと「過ぎる」というのはよろしくないような気がする。恐竜だってでかくなりすぎて滅んだって説もあるじゃないか。北海道に行こうとして行きすぎるとシベリアに行ってしまうじゃないか。やっぱ、もうちょっと遠慮がちに生きてみないか、つうのがあるのである。びくびくしようよ。野球選手のように円陣組んで叫びたいよ。「びくびくしよー！　ファイッ、オー！　ファイッ、オー！」。なんだろうな、あの根拠のない自信に満ちた生き方つうものは。私なんざ自分の顔色なんて「青白いくらいが俺サイズ」としておるのに。彼女らは何ゆえ顔色はネガティブなのに生きざまはあっけらかんとポジティブなのか。例えば、油絵には「塗り終わりどころ」というものがあるのですな。長く時間をかければいい絵になるとは限らない。「この辺でやめといたほうがいいすかね？自分のような青二才がこれ以上塗っちゃいけませんよね」といったような日本人らしい遠慮の美徳が、その絵を傑作にも駄作にもするのだ。まあ、確かに遠慮というものの匙《さじ》加減は難しい。誰の口にも濃すぎず薄すぎずといった「絶対カルピス」が存在しないように、どこでも礼儀として通用する「絶対遠慮」みたいな便利な基準はなかなかにない。

京都は特に遠慮の難しい土地だと聞く。会社の営業マンも初めて行った京都の会社で「お茶飲みますか」と言われて素直に飲むようなことでは駄目であって、京都では最初のお茶は遠慮するのが礼儀だそうな。「なんやあいつお茶飲みよったで！」「んなアホなあ！」「無茶苦茶や！」。えらい騒ぎになるのである。しかし、次に訪れた際にお茶を遠慮すると、今度は別のパニックを引き起こすのである。「お茶飲みよらへん！」「なな、なんちゅうことしてくれんのや！」「もう、あて、死んだほうがましや！」。もう、大惨事なのである。そして、また次行くと今度は「お食事どないですか？」となる。これももちろん食べたら大変なことになる。「食べよった！　食べよったでええ！」「号外！　号外！」。何が号外なのかわからんが、とにかくそういった京都的な「謎かけ」のような世界観が遠慮という不合理なシステムの背後には確かにあるのだ。あるがそういう面倒臭さってちょっといいなあと思ってしまう私なのである。

「やっぱ、自分は遠慮します。そこまで焼かなくってもいいっす。五分五分で。五分五分で焼いてください。焼くのと焼かないのの中間で、レアで願います」

そんなはんなりした京都心を持って日焼けサロンにのぞむヤマンバギャルはおらんのだろうか。

おらんのである。

小腹専門料理店の出現を熱望する

　私は小心で小市民で、走るとすぐ息切れして、誰も知らないだろうが人に会っている時間の六十％は屁の我慢に費やしていて、そしてわりかし少食な人間である。焼肉屋ではいつも地団駄を踏んでいる。私の理想とする焼肉フォーメーションは、まず生ビールを注文、ユッケかレバ刺しでおのがハートに火をつけて、カルビ、タン塩、ハツ、ホルモンを、はざまにキムチやサンチュでリズムをつけながら焼き、そして食し、風邪をひいていればニンニクホイル焼きなども片隅で焼きつつ、二杯目のビールを頼み、チャンジャ（辛いやつ）をつまみつつ、冷麺、あるいは石焼きビビンバで締め、ということになる。なるがしかし、実際のところは二人で食ってもカルビとタン塩一人前、キムチ、ユッケ、冷麺でもう満腹の涙目状態なのである。冷麺のパイナップルを残しつつも、である。ていうか、最初からあのパイナップルはいらんのである。あとサクランボも。さらに、満腹という状態は成人病が気になるお年頃としては避けたい問題であるので、本当に食べる量はもっと少ない。焼肉屋でいろんなお味を楽しんでいる大食漢たちに憎悪の眼差しを向けている毛深い男がいたら、それが私なのである。

かといって、食費が安くついてリーズナブルじゃないか、という訳でもない。すぐに小腹が空《す》いてしまうのである。

私は少食であること以上にこの小腹が空いてしまう体質というのがなんだかみみっちくて嫌だ。空く時はドーンと空きたいじゃないか。しかもこの小腹が空いている状態というのは非常にイライラするものであり、そして、街は小腹が空いている人間に意外に冷たい。「これぞ!」という感じで小腹を満たしてくれる店はなかなかにない。あっても「クレープ」とか「ワッフル」とか四十手前の人間が食すにはためらわざるをえないものばかりだ。かくして小腹が空いた中年男は満たされない体と心を持て余しながら寒風すさむ灰色の町をさまようことになる。「小腹が空いてペコペコだあ!」。矛盾したことも叫びたくなる。

こういうときに便利なのは回転寿司である。

そう思ってこの間、行列ができるので有名な渋谷の回転寿司屋に入って「してやられた」。座った席にいきなり貼り紙である。「五皿以下のご注文はご遠慮ください」。何!私にとって小腹とは寿司四皿以下の食欲をさすのであって、五皿はもう立派な「普通のディナー」なのである。なんだよ、もう、じゃあ、ディナーにシフトチェンジだ、と思ったら「また、してやられた」。この店はなんだかルール好きで「十皿以下のご注文のお客様は十分以内に食べ終わってください」などとぬかしたもう一枚の貼り紙を発見してしまったのだ。食えたことないよ十皿なんて。なんだよ。この高額所得者の俺の外食を十分ですませってか！　私は食べるのも遅いのである。結局満腹するしかないってのか？　ポンポコポン！（お腹を叩いて怒ってみた）

所望する。小腹の空いた人間に愛のある料理屋の出現を。もう満腹は十二分に味わった。満腹にはもう飽きた。これからは小腹を、小腹を気持ちよく満たせ！　金ならあるんだよ。腹一杯にならないための金なら。

小腹にも人権を！

さよならきんさん

西暦二〇〇〇年一月二十三日という日を皆さん胸に刻んでいただきたい。きんさんがお亡くなりになられてしまったのである。享年百七。今現在私は明治三十九年の大阪を舞台にした芝居を上演しておるので痛感するが、牛馬が町を闊歩《かっぽ》し女は髷《まげ》を結いビニール袋というようなシンプルなものすらこの世に存在しないそんな頃より、すでにこの世に存在していたのだから、やっぱり凄い。探していただきたいのである。ビニール袋が生まれる以前に生まれたものが、今我々の周りにどれほどあるだろうか。いっぱいあるかもしれない。が、先に生まれたほうが偉いという日本人的儒教の精神であれすれば、とにかくきんさんはあの金魚を入れたりクッキーを入れたりとっても便利な庶民の生活に欠かせないビニール袋より遥かに偉いのである。しかも偶然なのかどうなのか同じ百七歳のぎんさんにそっくりなのである。河相我聞の口が肛門に似ていること以上に不思議な事実なのである。

しかし、まあ、いろんな偉い人が死ぬ。そんな中、きんさんの死ばかりなぜ悼むのかというと、実は私は数年前きんさんに一度だけ会っているのだ。あの時は面白半分で会いにいったのだが、今となっては歴史の証人のような人に会えて非常になんというか感無量である。というか、正直あれからこんなに長く生きておられるとはまさか思っていなかった。ナンシー関が「これ以上テレビ出てたら死ぬぞ」なんて言ってたあの頃からすでに五年は経っているのである。

ことの発端は、私が台本を書いた自主映画の上映会を名古屋でやるので、ついでに愛知県にある何千体もの地蔵や観音像や道祖神、果ては髪の毛の伸びる人形やただのリカちゃん人形まで、祀《まつ》れるものは何でも祀ってやろうという「有り難い」とおりこして「有り」な礼拝堂を所有する寺を取材しようということになった。で、ビデオを持って寺をめぐるうち、どういう訳か閃《ひらめ》いてしまったのである。「そうだ！　このご神体の群れにインスパイアされた自作の地蔵を愛知県在住であるきんさんもしくはぎんさんにプレゼントしよう」。

何を根拠にそう思ったのかは思い出せない。外人が「日本に行けば芸者に会える」と勘違いしているような短絡さで「名古屋に行けばきんさんに会える」と。そういうようなことだとは思う。思いたったが吉日。だめでもともと。私は旅館に帰ると脱兎のごとき勢いでジャワティーの缶を芯にして紙粘土で不細工な地蔵をこしらえた。なんだったんだろうな、すでに三十路《みそじ》を過ぎてあのくだらない情熱は。で、私は地元の女子高生をナンパし、道案内にやとい昼から夕方までかかってとうとうきんさんの家を捜し当てた。呼び鈴押したら本人が出てきた。ストーカーの諸君。人間本気を出せばアポなしでも会いたい有名人に会えるのである。松尾を見習え。

きんさんは初対面の得体の知れない(面白半分な)我々にえらく優しくて、甘酒までご馳走してくれた上、

「長生きしてくださいね」

洒落た言葉をかけてくれた。

帰りしなそっと地蔵を玄関の飾り棚に置いた。数年後テレビがそこを映していたが見事に何ものかの手によってそれは撤去されていた。合掌。

思えばその年は親父が死んだ年でもあった。

死んだ親父の歳と今の私の歳を足してもきんさんの寿命に三年足りない。

合掌。

編注・大阪を舞台にした芝居とは、松尾スズキ演出の『王将』。二〇〇〇年二月に上演。
・ナンシー関(享年三十九)は二〇〇二年六月十二日虚血性心不全のため逝去。

イメージ戦略としての小学生

人は見た目じゃない。もっともな話なのであるけれども、それでもイメージというものは大切である。

例えば犬は「犬」であってほしい。

扉と壁の二センチの隙間から犬が「ニュルリ」と入ってきたら、そりゃあ「特殊な能力があって良かったね」って言い方もできるけど、やっぱりそれは嫌な犬である。

「ナン！」

あるいは、

「ドン！」

そんなふうに鳴く犬も相当に嫌である。

「ドンドンドン（しかもドアを叩く音に酷似）！」

物凄く嫌である。

人間のわがままかもしれんが、犬には四六時中ハアハア言っててほしいし、ちょっと目を離した隙に塀の穴に首が挟まって抜けなくなったりもしてほしいし、子供に眉毛を描かれて星野仙一に似てもほしい。

わがまま。確かに他人にイメージを守ってほしいというのは、わがままに違いない。しかし、考えてみれば守るのが当然と言われる「法律」といったものも広い意味で言えばイメージなのである。淫行条例なんてのも、ティーンエイジャーにはなるべくセックスとかしないでほしい、そんな、なんか大衆の願望のイメージの具体化なのであって、法治国家の中、法に守られて生活し、法を利用しなければ生きていけない我々は、言い換えればイメージに守られて生活し、イメージを利用しなければ生きていけない生き物なのである。だから当然人のイメージが守られていることに安心するならば、自分のイメージにもある程度の責任が必要なのではないかと思う私なのであった。

なんだか難しいことを言っているような気がしてきたが、こういうことだ。私は街を歩いていて老人夫婦が喧嘩しているのを見ると切ない気持ちになる。

「あの歳になってまだ自己主張するかなあ……」

枯れてほしいなあ、老人には。あの自己主張のエネルギーは当然、夜の生活にも活用されているのよなあ。大暴れするのよなあ。と、どんどんおぞましいイメージが広がってしまう。私の思考回路が間違っているのかもしれないが、老人の喧嘩は私にとって充分に「環境破壊」なのである。

逆に、最近小学六年生のガキが小学生の女子にイタズラ行為をはたらいたとして捕まる事件があったが、あれにも別の意味で「ちょっと待ってくれよ」という「小学生は小学生のイメージを大切にしろよ」というため息混じりのつぶやきをせずにはいられない私なのである。小学生に性欲がない。などとは口が裂けても言えないが、なんつうか「イタズラ行為」というのが妙にオヤジじみてて飲み込めない。なんかさあ、小学生にはスカートめくるとか兄貴のプレイボーイを盗み見て興奮するとか、そういう、かわいい手のひらサイズのエロで納得してほしいなあと思うのだ。

小学生だって子供として生まれたからにはもう立派な大人なんだから（意味不明）、我々大人を不安にさせない程度のイメージ戦略を持って生きる時代が来ているのではないだろうか（根拠不明）。

チェックアウト一時間前のメランコリー

東京都大田区で二十一歳の妊婦が胎児ごと惨殺されるという非常に痛ましい事件が起きた。朝四時半に夫が出勤したあと、五時半頃妻と男が三十分にわたって口論する声が確認されている。で、殺害推定時刻は朝の六時頃だという。犯人も犯行動機も今のところ謎に包まれている。

ただ、この事件においてはっきりしていることが一つだけある。

この人たち、物凄く朝が早ええ。

ということだ。

殺人事件における殆どのメニューが朝の六時までに終了しているのだ。朝四時頃寝て十一時半頃のろのろと目を覚ましニュースと天気予報を観てから飯を食って午後一時ぐらいからやっと一日が始まるという不健康な私にとって、これは夢のようにヘルシーな殺人事件である。って、こんなことというとまた怒られそうだが、いや、ほんと、起きる人は起きるのだなあ、という当たり前のことに今さらバカのごとく感動する私なのである。俳優業もやっている私にテレビドラマの仕事より舞台の方が圧倒的に多い理由には「ロケ撮影の朝の早さのつらさ」というものが鋭く関与していると言わざるをえない。早起きすると実力の三十%くらいしか出せない私にとって軽々しく早朝ロケのある仕事を引き受けることは逆に自殺行為なのだ。私がこの事件の犯人だったらなあ、とつくづく嘆く。殺そうにも「全然起きれてない」ので、小さな命と母親は難を逃れていただろうに。合掌。

ところで、この間別府の温泉に行った。温泉に行くと必ず疲れ果ててしまう。だったら行くなよって話だがもちろん原因はあのチェックアウトの早さと旅館やホテルの朝食の早さにある。

八時っすよ。私にとっては一般の感覚で言えば朝の四時くらいっすよ。頭がっくんがっくんしながら生卵かき混ぜましたっすよ。

いつも言うけどなんであんなに早いかなあ旅館の朝は。なんか観光客を万年寝不足にしてオウム修行者のような「布施するぞ」みたいな状態にせねばならない訳でもあるのだろうか。

困るのは、まあ、朝八時に飯を食うとしまさあね。で、飯のあとになごりおしくまた温泉に入ったりしますよね。にしても九時。チェックアウトは十時ですよ。その十時までの一時間の過ごし方がわからないのですよ。

別に律儀に十時までねばらなくてもいいのだが、早く旅館を出すぎると今度は昼飯までの時間をどう過ごせばよいのだという切実な問題が手ぐすね引いて待っている。ここはひとつギリギリまで旅館でねばりたいじゃないか。

しかし、もう旅館でやることはまったくと言っていいほどない。眠さでボーッとしているし、同行者との話題もそろそろつきる頃だ。寝てしまってはいけないし、テレビを観るのも芸がない。メランコリックなんだか緊張感があるんだか、なんかよくわからないが、朝寝坊の人間にとって、このチェックアウト前の一時間をどう制するかで「旅の勝ち負け」が決定するような気がしてならない私だ。

これまでのその一時間をすべて集めたら「ほぼ一日分」ほどもあるだろうか。多分それは私の一生の数ある「一日」の中でも、かなりランクの高い「しょうもない一日」であろうことよと思ったりした。

編注・この妊婦殺害事件が起こったのは、二〇〇〇年二月。のちに金銭トラブルが原因として、親族ら五人が逮捕された。

C.C.の火を消すな！

タバコ屋に行ったら雑誌コーナーに「C.C.ガールズ・乱れる太股・剝き出し谷間」なんてデカ見出しの載った週刊誌があったのはいいけど、それでもってフラフラと買ってしまう私というものはなんなのだろう。

C.C.ガールズだぞ何しろ。目を覚ませって話ですよ。雑誌も雑誌だよ。誰に向けてのメッセージなんだよ今さら。

ああ、俺か。買ってるし。

にしてもしばらくC.C.ガールズから目をそらしている隙に、って、それまで凝視してた訳でもないけど、とんでもないことになっているのですね。『C.C.』業界は。だって知ってる人がいないもの。なんか人見知りしちゃったもの。俺、転校生？ とか思ったもの。俺がおまえでおまえが俺で？ だもの。言ってることよくわからないもの。いや、なんか徐々に一人減り二人減りしてたなというのは薄々あったんだけど、そうそう、あれなんですな、青田典子を中心に一人減りゃ一人補充みたいなことをしていて、一人は歌のユニット組んで、さえなくて、一人はスポーツ選手と不倫して、さえなくて、そう、藤森夕子が最後まで頑張ってたところまでは覚えてる。なんだかあの時分は安部公房の『砂の女』を思い出してた。掻《か》い出しても掻い出しても新しい砂が落ちてくる、みたいなノリで、抜け出しても抜け出しても新しい『C.C.』が補充されるみたいな。でも、最後の最後に青田典子が残ったときには「ああ、そうかC.C.ガールズの『C.C.』って青田典子のことだったんだ」って確信したんだけど、今青田いないしな。少なくとも『C.C.』は人間のことではないことはわかった。

でも、山田誉子一億五千万円のバスト。

……知らないものなあ。知らないから一億五千万円て言われても、それは「田中康夫一億五千万円のバスト」っていうのと同じくらいイメージできないものであって。

待てよ。そうか。そうかそうか。青田というリーダーがいなくなっても解散せず集団が維持されているということは彼女たちは何か大切なものを守っているのだ。その何かとは『C.C.』であることは間違いない。で、いったい『C.C.』とはそもそも何か、ということはさすがにわからんが、ようするに聖火のようなものなのだろう。聖火は誰が持っても聖火だ。彼女たちは『C.C.』という名の聖火が消えないように消えないように徐々にバトンタッチしてゆくための「ガールズ」なのである。だから『C.C.』というものは、もう、かなり素晴らしいものに間違いないのである。山田誉子も聖火ランナーのようにやがていつか力尽きるだろう。尽きてVシネとかで中途半端な女ヤクザとかやるのだろう。

だが、待て！『C.C.』の火を消してはならん。なんだかわからんが消えかけた火は闇雲に守る。それが日本人の習性だ。男でもかまわん。ロボットでもかまわん。補充せよ。人手が足りなきゃ、暫定的に「椅子」とかが『C.C.』のメンバーでも、もはや、よかろうと思う。

椅子。豆菓子。百科事典。変造五百円玉。

そんなC.C.ガールズも時には見てみたい。

夕暮れ。縁日の思い出。下駄。紙風船。

そんな情緒あふれるC.C.ガールズもありだ。

ああ、よかったよかった。

しかし、私は三十七歳にもなって何を考えているのだろうか。


編注・山田誉子、森洋子、浜野裕子、本杉美香の四人が二〇〇三年にC.C.ガールズを卒業、ソロ活動に。現在『C.C.』というユニットにメンバーは不在だがグループ自体は存在しているという不思議な状態。

ああ苦情

「苦情を、訴える」

なんて甘美な響きのする言葉だろう。

「苦情」。クレームと訳すとどうにも味気なくてイメージが伝わらない。なんというか「いろいろあるけど要は気持ちの問題でしょ」といったような水っ気のある抗議。それもさることながら「訴える」のなんだかドイツ人的な合理性、ヘンケルで刻むザワクラウトみたいな、ベンツから叫ぶ「ハイル・ヒットラー」みたいな、よくわからんがそういう四角四面な潔癖感も捨てがたい。そして「苦情」と「訴える」が合体した時の、その揺るぎない安定感あふれる頼もしさ。そう。「苦情」とは「したためる」ものでも「吠える」ものでもない。うちの嫁は美術館の監視員をやっているのだが、ある日、とても不審な男がいるのでジーッと見ていたら、突然クルリと振り返って「ワン！」と吠えられたそうだ。「見んなよ！」ということだったのかもしれないが、やはり「吠え」てしまってはその苦情の効能が1ランク・ステージダウンしてしまう。

「ワン！」は犬の世界でしか光り輝かない。やはり苦情は、ナメクジが塩をかけられて初めて「おもしろいこと」になるように、「訴え」られて初めて輝くものである。

ただし、さっきも言ったように「クレーム」といったアメリカっぽいアプローチは日本人として好ましくない。「あ、そう。じゃ、裁判ね」みたいな「遊び心」のなさ。そういうのはなんというか芸ってものがない。不粋だ。

もちろん根っからの日本人である私はこの三十七年間数々の苦情を胸に呑み込んできた男である。コンビニのレジで芝居のチケット売場で、何度私は「グズグズすんなよ」だの「段取り悪いよ」だのといった苦情を極上のワインのごとく舌で転がし笑顔で呑んだことか。

私が恐れるのはそこで行使されるプチ権力の貧しさであって、あさましいなあと思うのは人がいばれて当たり前の場所で恥ずかしげもなくいばる姿である。お金を払う立場のものがお金をもらう立場のものにいばる。そんなものいばった数に入るのか。私はいつも思うのだ。いばって当然の場所でいばるのは「安いばり」である。定食屋などで「このオシボリくっさいでえ」などとプチ権力を行使するものを見ると憐れだなと思う。そんないばりは十円の価値もない。近所の子供を相撲で負かして得意になっている大人のような。とにかく「苦情」が「偉っそうに」と結びついた状態は、哀しく不幸だ。

苦情するものはされるものと同じ目線であることを心がけたいと思う。いや、むしろ、

「ちとお時間をいただけますか」といった卑屈なまでの低姿勢。そういう態度ですらむしろ輝く苦情というものがあると思うのだ。

にしても最近すごい教授の話を聞いた。なんでも彼は町にはびこるスピーカー音というものがとにかくだめで、駅でバスでデパートで、彼は「そういうことやめなさい」と苦情を言いまくり、果ては石焼きいも屋さんにまで「そういうことやめなさい」と、彼が町を「いしやきいもー」とがなり歩いて得るだろう利益分のお金を渡して解決するのだそうな。

まあ、そこまで苦情を使いこなせたら、それはそれで凄いよなあとも思う私なのだった。

「すいません」の数だけ抱きしめて

「すいません」は金也。である。もちろん金也ってのは「きんや」ではなくて「かねなり」と言っているのである。なにせ北九州から裸一貫単身上京、貧乏のどん底から「すいません」一つでここまで伸し上がってきた私の言うことなのだから間違いない。そういう意味でいうと私は林家三平なのである。よくわからない。わからないがとりあえず私は誰にでも頭を下げる。肩が触れたら頭を下げる。服がかすっても頭を下げる。服がかすった夢を見たら、慌てて寝なおして頭を下げる夢を見る。そういう男だ。にしても、この人は誰をかばってこんなにいばっているのだろうと思う人もいる。テレビで中尾アキラ（漢字忘れた。確か淋病の淋に似たやつ）を観るたびなんだか哀しい。ついでにアキラ一つ漢字で書けない自分も哀しい。

燃える御殿の中から子供を救出した。そんな人ならいばってもいいだろう。しかし、おそらくアキラは「燃える」どころか、燃えてない御殿の中からすらも子供を救出したことがないはずである。第一燃えてない御殿の中からは子供を救出する必要がない。むしろ御殿には住みたい。その気持ちは私も同様だ。話は逸れたがそれほどに偉くないのにあそこまでいばっているというのは、これは、誰かをかばっているのに違いないと私は踏んでいるのだ。「今から十分以内にいばれ。でないと森に火を放つ。小鹿たちは、絶滅だ」。そんなふうな脅迫を誰かから受けているのである。でないと人間あれほど無根拠な厚顔無恥ないばりを公共の電波でそうそう披露できるものではない。アキラのいばりは小鹿をかばってのこと。そう決めた。だが人はしかし、どこまでが「すいません」なのか。道で吐いた痰《たん》が人の靴にひっかかってしまったら、それは「すいません」だろう。そもそも道で痰を吐くこと自体が「すいません」であるに違いない。痰には「すいません」の情報が満載である。しかし、口の中で痰を持て余している時にお世話になったあの人にばったり遭遇した。「ごきげんよう」しかし、口の中は実は痰でいっぱいである。その「ごきげんよう」は、それほどごきげんよくもない。だけれどもそこでいきなり「すいません」も不自然である。その匙《さじ》加減は難しい。この間私は仕事であるアニメのアフレコスタジオに行ったのだが、そこでは声優の人たちの謙虚さに舌を巻いた。何しろ誰かがNGを出すたびに「すいません」「いえ、こっちがすいません」「んな、すいません」「いいですか、すいません」「え？　すいません」「すいません、本番いきます」「あ、すいません」心の中で十五回数えた時点で感服してやめた。声優と「すいません」の謎はこれから研究していかなければいけないテーマである。かつて「すいません」の達人がいた。放送作家である彼の「すいません」は完璧だった。頻発に連発されるにもかかわらず軽くはならず、かといって重からず、嫌味にならず、一時は彼の事務所の名前を「オフィスすいません」としようかという提案もあったほどに絶妙な「すいません」なのであった。彼は死んだ。我が「すいません」の師である彼の末期に会えなかったことを今でも後悔している。私は彼の命日を「すいません忌」と名付け、密かに弔っている。加藤さん。松尾はまだまだあなたの『すいません』の境地には至ってません。あなたのような「黄金のすいません」で、私はこの世の果てまでへりくだりたい。

根拠もなくいばる奴らへの、それが唯一の私の嫌がらせなのである。

編注・中尾アキラの「淋」に似た字とは「彬」。

感じのよさ・オア・ダイ

早川義夫の歌で「いい人はいいね」という歌詞がある。

その通り。いい人はいい。

この間、ポストペットの八谷君と一緒に篠山紀信御大《おんたい》に写真を撮ってもらうというすこぶるゴージャスな機会があったのだが、驚いたのは紀信さんが絵本から飛び出した三頭身のキャラクターグッズのような外見をしていたことではなく、いや、まあそれにも充分驚いたのだが、それ以上になんだかとてもイイ人だったことである。というのも以前紀信さんの弟子と称する人物に写真を撮られたことがあったのだが、そいつがすんごくやな感じだったのである。撮影中終始怒鳴りっぱなしだし「とにかく鳥のように動いて！　飛んで！　浮いて！」とか無茶言うし、なんだろうな「無茶言う俺の子供っぽさが売りでしょ？」みたいな、そんなダークな感じ悪さを胸に秘めた男と言えばおわかりだろうか。わからないだろうか。とにかくそもそも顔が悪役顔なのである。ドクター・イーブル系なのである。これはハハーン、紀信に相当やられて育ったなと。やられて禿げて、曲がったなと。これは、今回の撮影は覚悟してかからねばと。そういうふうに「うがち」好きの私はうがったのである。にもかかわらず紀信さんはニコニコと現れニコニコと撮影を終え、我々にその際のポラロイドをプレゼントしてくれて、それにサインをしてくれた挙げ句、「あまり光に当てないでね」などとポラの保存方法まで教えてくれて、さらに、いきなりポラを汚してしまった八谷君にポラの掃除の仕方まで教えてくれたうえ、我々がタクシーに乗って帰るのを手を振って全力で走って追いかけながら息が切れるまで見送ってくれたのである。最後は嘘だがイイ人だ。誰も天下の篠山紀信にイイ人であることなど望んでいないのにイイ人だったというのは重要なことではなかろうか。異常にまずそうな和菓子というものがあるが、食ってみると意外とうまいと、そういう場合、うまそうな和菓子がうまいことよりも、圧倒的に価値が上がる。みたいなことだと思う。そういえば紀信さんを上から見るとどことなくオハギに似ている。

では本当にイイ人かどうか。つうことはわりとどうでもよい。本当のよさ。なんつうものをもはや人類は必要としているのか、とまで言ってしまう私である。

感じ。感じのよさがすべてだ。感じのよさ・オア・ダイ。だと思っている。しかも「最初は感じ悪いと思ってたんですけど、会ってみるとなんかイイ人で驚いてしまいました」なんていうのは、凄くポイントが高い。子供の頃からなりたいものはいろいろあったが、結局やっぱり最終的には「いい人」という生き物になりたいことよのおと、つくづく思ってやまない。地球が感じのいい人だけでギッシリ埋まっていたら、だったら徴兵されてもかまわない。そんな覚悟すらある。感じのいい人だけでやる戦争だったら、なんだか死ぬのも悪くない。この日本が「感じのいい人だけ」になるためなら、どんな汚い手も使う。鎖国だってする。イイ人は滅んでも「感じのいい人」は生き残る。

実はこの連載はその前哨戦なのである。

編注・八谷君とは、メールソフトの『ポストペット』を開発したメディアアーティスト・八谷和彦のこと。

ハンパ輝き

　そういえば別所哲也という人を、しばらく見ない。以前はドラマ界のホープみたいなことになっていたのに。何か事情があるやも知れぬが諸行無常の芸能界。時間の流れは早いものよと、しばし詠嘆する私なのであった。彼のちょっぴり安ーい感じ。舞台でも映画でもなく、どうにも「テレビ俳優」っしょ、みたいな足腰の弱さ。そういうのがなんとなく好きだった。まあ、今は「ハムの人」として不動の地位を築いてはいる。まあ、築きたくもなかろうが、あの「ハムの人」の「ハム」なりの、売れてもないかっこよくもないそれでも不細工じゃない消えてないといった存在の中途半端感。実はああいうどっちつかずな人たちこそが、この絶対的価値のない世の中の屋台骨というものを支えているような気がする私だ。

　実はこの間、田中健のよさに突然気づいたのである。それも七年前のドラマの再放送で。今のように「ちゃんと」売れなくなる前。なーんか中途半端に売れなくなってき始めた頃の田中健だ。社会に染まれない中年男といった役柄だったのだが、なんだか、よかったのである。うまいんじゃないの？　とすら思ってしまったのである。もはや端正な二枚目看板役者として存在できなくなったテレビスタアの「これからどっち行くんだ俺。どうしたいんだ俺。ちょっと自分で見ても時代にそぐわない顔だしな。二枚目捨てよか、もどろうか」みたいなどっちつかず感が役柄のアウトローな感じとマッチしてて、妙にいい味を出していたのである。中途半端になってから、初めて出る味。味とは輝きのことでもある。私はそれを「ハンパ輝き」と名付けたい。ちゃんと売れた後、そして、ちゃんと売れなくなる以前、そういった中途半端な時期に田中健はハンパ輝きをしていたのである。

ハンパ輝きは、地味な輝きである。であるから、ちゃんと需要があるにもかかわらず、なかなか人に気づかれない難がある。ヤッくんや大和田獏のようにその輝きを見いだされ表舞台に出てくるものはなかなかに少ない。なぜなら彼らは地味なことにおいて価値があるのであって、ワイドショーの司会をやるようになってはもはやハンパではない。ハンパ輝きは、まさに蛍の灯のような、はかない、七年たたないと評価されないようなわかりにくい輝きなのである。そういった意味では風見慎吾のハンパ輝きっぷりの息の長さは素晴らしい。十数年間、消えず売れず、テレビを住みかとして半端な感じを維持する、だてに欽ちゃんファミリーじゃないよといった踏張りの強さを思わずにいられないのである。片平なぎさのようにちゃんと主演をやって半端でないのになぜかハンパ輝きをしている人もいるにはいるが。

いつか「ハンパ祭り」というのをやりたいなあと考えているのである。磯野貴理子とか小倉久寛とか山口良一とか体操の池谷とか、そういった半端さが研かれて研かれて黒光りした人々が一堂に集まって「誰が一番ジャストサイズの半端なのか」ということを競っていただきたい。競ったところでどうなるものでもないのだが、なんとなくそういう場所から「これぞ日本人のジャストサイズ」といったものが炙《あぶ》り出されてくるような気もする私なのである。

編注・風見慎吾は「風見しんご」と改名。磯野貴理子も「磯野貴理」と改名。

恐怖！　思い入れ男

私は毛深い。プールで泳いでいて見知らぬ子供に「鬼」と呼ばれたこともある。しかし中身はなかなかに女らしい。「鬼」と呼ばれりゃ、よよとしおれる。齢《よわい》五十のおっさんよりもハタチの小娘に心は近い。それが何より証拠には、たやすく私は涙ぐむ。もう。ぐむぐむ。むしろ積極的にぐんでいきたいタイプだ。

例えばウォークマンで悲しい曲をかけながら歩くと、なんでもない町の風景が簡単に悲しみに染まる。五分刈りのおばさんを見ちゃウッときて、左右の目が目やにでつながってる猫を見てもウッとくる。ミニストップのビニール袋に透けるオーザックなどもかなりウッ度が高い。まあ、ものは何でもいい。こっちは隙あらば「ウッだけの付き合い」を求めてさまよう都会のウッハンターである。いいじゃないの、誰に迷惑かける訳じゃなし。こちらの勝手な思い入れだ。

しかし、他人の思い入れというものは、時に迷惑だ。そう、今回は思い入れについて語ろうと思って長い前置きをしてしまった。

この間、さる美人女優と私は三軒茶屋の町を歩いていた。妻ある私がなぜ、と思われる方もおられようが、演出家というものは十：八の頻度で美人女優と腕を組んで道を歩いているものだ。で、まあ、いわゆるデートというものをしておった訳だが、ある路地で知り合いのCMディレクターK氏にバッタリ出会ってしまったのである。六年ぶりくらいだろうか。「おう、おう、松尾さん、運命！」この人の苦手なところは会話のすべてが思い入れで成り立っているところである。「運命だね、飲めってことだね。今女優のYさんと飲んでいるのよ」。我々はさくさくと洒落たバーに連れ込まれた。「いいでしょ、食べ物と音楽のないバー」。実は飯屋を捜していた私たちはお腹ペコペコで「中華食いてえ」といった状態だったのであるし、音楽がないのがなんでいいのかわからない。「だって会話と出会いのために飲むものでしょ。音楽と飯があるとその純度が減るよね」。そうですか、としか言えない。「この間、南米に行ってジャングルを観たって話をしてたのよ」「へええ。そりゃまたなんで」「なんで？」Kさんは不可解な顔をするのである。「だって男なら一生に一度は観たいもんじゃないの？」「そうですか」「ジャングルなんだから」。なんだからと言われても困ってしまうのである。「ねえ、そういうもんだよねYさん」。このYさんという人は初対面だったが、驚いたことに彼女も思い入れでものを語る人だった。「ジャングルって人間に酸素で語りかけてくるからね」「うん。男の原風景だよね」「とりあえず一千万円あればジャングルは買える訳」「俺のすることは、まず吠えることだったりする訳よ」「次の世代に残すべき財産はジャングルの酸素なのよ」。お気づきだろうが「男の思い入れ」「エコの思い入れ」両者譲らぬまま二人の会話はまったく成立していないにもかかわらずその後二時間も続いた挙げ句、「俺たちの前世は絶対夫婦だったよね」と涙まで浮かべて抱擁して帰ったのであった。

思うが日本人は酔っ払いと思い入れに甘い民族である。誰かが言ったほうがいいと思って書いた。

思い入れは公害だ。つーか腹減った！

でも、もちろん思い入れの人々はそんなこと言われても気づかない。彼らにとって思い入れを語ることは美徳なのであるから。語ってもいいよ。いいけどなんか他人へのエクスキューズが必要だろうと思ってしまった私なのである。

冥利につきたい

冥利につきたい。

男子として生まれたからには餅もつきたいが、やはり男冥利というものにつきたいと誰しもが思うだろう。

この間、ある芸人さんと飲んでいてからまれにからまれた挙げ句「なんで松尾さんは、岸田戯曲賞なんか受賞したんですか。権威に反発するような芝居を打っときながら、結局ああたは権威がほしいんですか」なぞと指つきつけられ、言葉に詰まった。図星だ、と思ったからではない。「あんまりたいしたこと考えてなかった」っつうのが本音だからである。例えばプロレスラーだったらチャンピオンベルトがほしいっすよね。私は劇作家としてのチャンピオンベルトを貰ったんじゃないの、くらいの考えだったのである。賞貰うたびにいちいちそんな難しいこと考えなきゃならんのか。理不尽なものを感じるひと時だった。しかし、今なら、そうか、こう言える。

私は劇作家冥利につきたかっただけなのな。

冥利とは「ある立場においてスゴロクで言うならば『あがり』と認められる状態」と解

釈している。岸田戯曲賞というのは劇作家にとってある種「あがり」である。例えば、この連載の冥利は何か。まあ、単行本になって売れることだろう。それが雑誌連載の「あがり」だ。作家冥利につきる瞬間である。ついでだ。いろんな冥利を考えてみよう。モデル冥利↓パリコレ出演。セクシータレント冥利↓スポーツ選手と結婚（しかも略奪愛）。漫画サンデー冥利↓中華屋でチャーハンについてきたスープ（ラーメンのスープを流用）でベトベトする（漫画ゴラクでも可）。ザボン冥利↓すっぱすぎて食べられない。けんちゃんラーメン冥利↓本当に志村けんに食べられる。駅に貼られた商業演劇のポスター冥利↓出演者の鼻の穴に画鋲の悪戯。パブリシティで貰ったTシャツ冥利↓着られない。蚊の冥利↓血をたっぷり吸ったあとパーンと叩かれ肌に血とともにベッタリ貼りつく。シール冥利↓家の柱に五歳くらいの時に貼ったものが大学生になってもうっすらと残っている。千円札冥利↓自動販売機に入れたあと、最低三回はベローッと押し戻されてくる。えーと、えーと。もういいか。もういいな。読んでる?

しかし、書いてて思うのはだんだん書いてるうちにマイナス要素が増えてきた、ということだ。考えてみれば冥利の冥は冥途の冥だし「つきる」というのもなんだか「終わったあ」っつう感慨がある。男冥利につきる。まあ、普通に想像すればレースクイーンと付き合って別れた後にそのレースクイーンがブレイク。でもってＣＭで香田晋とか（微妙だな）と共演してるのを観て「あー！　あー！　あれ俺と付き合ってた女あ！」とか定食屋で叫ぶ、みたいなことだろうか。多分違うっつうか凄く違うのかもしれないが、なんかそこにはそこはかとなく終わった感がなくもない。

冥利一歩手前。そんな感じでだましだましでずーっといけたらよいのかも。と思った。うーん、なんかこう、いい按配の冥利はないものか。この連載の趣旨からいえば日本人冥利というものに最終的にはつきてみたいと切に願う私だ。なんだろう、それは。つきない疑問である。

男の冥利教室、なんつうものはないのだろうか。辻アベノ冥利教室とか。

最後は駄洒落で終わるのか……。

編注・香田晋は、福岡県出身の演歌歌手。

嫌「ウォー」権

オリンピックオリンピックオリンピックだよー。そんなみんなオリンピック好きなの？オリンピックとあたしのどっちが好きなの？　中学高校と体育見学者の道を歩み骨の髄からスポーツに興味のない私にとって四年に一度の超ウザイ時期がまた怒濤《どとう》のごとく押し寄せてきている訳よ。赤勝てだの白勝てだのホントうるさい（言ってないけどそんなこと）。南極観測隊からの電報です「南極の雪は白」とかさ（もっと言ってないけど）。人間てなんかもう「ウォーッ」って感じが好きなのな。ワールドカップだっちゃ「ウォーッ」。『そごう』が潰れたっちゃバーゲンに「ウォーッ」。熊が出たっちゃ「ウォーッ」。熊そのものが「ウォーッ」。あのね、いいのよ。「ウォーッ」言いたきゃ言いなさいよ。ただね、「ウォーッ」聞きたくない人も世の中にはいることを、ちと、心の中にとどめておいてほしいのな。なんかもっと川の向こうの方で叫べばいいじゃん。なんか、くっさい玉葱《たまねぎ》とか犬の死体が流れてる川の向こうでさあ。「ウォー」言いたい奴だけ集まって。いや、ごめん。こういうこと言うとまたいろんな人敵にまわしちゃうもんね。いや、今、芝居の本番中なんだけど楽屋の一つにテレビが置いてあって、それの周りにみんなが集まってヤイノヤイノやっとるんですわ。画面の向こうではなんかが一点リードしたり、なんかが一本とられたり、なんかが三回転半したりしてる訳ですわ。こっちはね本番前の集中のために座禅とか組んでるのよ。ヨガやっとるのよ。米粒に写経してるのよ。ごめん。嘘ついた。そんなことしてないよ。『SPA!』読んでました。すぐ謝るのが俺のいいところ。でもあれでしょ。『SPA!』は静かでしょ。「だめんず・うぉ～か～一点リード！」「中森明夫三回転半！」叫ばないもの私は。中森明夫は多分回転しないし。『SPA!』は静かだよ。シーンとしてるよ。『SPA!』読んでる横で赤ん坊泣かないもの。オリンピックは泣くね。二歳以下は確実に泣くぅるささよ。バタフライとかにも泣くね。なんか、恐いもの。誰がやっても恐いよ、あの泳ぎ方は。小倉一郎がやっても恐がれる自信あるね。ていうか逆に恐いね。いや、私もね、堅いこたあ言いたかござんせんよ。盛り上がればいいじゃない。みんな普段盛り下がってんだから、たまにはいいさ。でも、昨今の喫煙者への世の攻撃。嫌煙権という奴。私はヘビースモーカーなんです。日に六十本は吸うんです。はい、完全なニコチン中毒者です。もう、でも、町歩きゃ「吸うな」「吸うな」「吸うな」の嵐でしょ。楽屋だって禁煙なんだからきついすよ。わかります。吸わない人に迷惑だから。オーライ。だったらこっちにも言わせて頂戴って奴ですよ。

嫌「ウォー」権の行使！

そういったものを認めていただきたい。以前日本人は酔っ払いと「思い入れ」に寛大すぎると書いたが、「ウォー」にも甘いと思いませんか。俺に意味のわかる「ウォー」ならまだ許す。柔道で一本！　とか。でも「オフサイド」でとか「ウォー」とか、ちょっとよくわからないものに限っては、各々が用意した「ウォー部屋」で各自「ウォー」していただきたい。

嫌「ウォー」権。支持するものは少なくないはずだ。多分クリストファー・ウォーケンとかも支持してくれるはずだ。

また最後に駄洒落なのか……。

編注・二〇〇〇年のシドニーオリンピックは、日本は㊎五、㊍八、㊐五の計十八個のメダルを獲得。二〇〇四年のアテネオリンピックでは、㊎十六、㊍九、㊐十二の計三十七個。

・『そごう』は二〇〇〇年七月に破たん。数店舗を閉鎖した。

疼きに生きる

「咬《か》んできてください」

その若い歯科衛生士さん（ミニスカ）は言うのである。

口に含む綿、歯の型を取る時のあのなんか味のない梅ガムみたいな奴、それらを私の口に入れる際「咬んでください」で充分伝わるのに「咬んで『きて』ください」必ずそう言うのだ。多分癖なんだろう。そのなんというかやっぱり「きて」の部分な。問題は。「咬んで」だけでもなかなかにエロティックなものを醸すわけなのに、その上「きて！（別に！マークを付けるほど強調して言っている訳ではないのだが）」なのである。以前ドラマの撮影で生まれて初めてのラブシーンをやった際、腕からませたりキスしたりといろいろモヤモヤするものがあったのだけれども、最もズシリときたのが女優さんの「きて！（こっちは！マークが付いてた）」というセリフだったのを思い出す。女の「きて！」は、もう、男にとって一財産だよ。一年に一回「きて！」って言われりゃ年が越せるよ。話し戻るが、疼くのな。なんか小さく疼くのな、その衛生士さんの「咬んできて」。時折「グーッと咬んできてください」なんていうバージョンもあったりして、それがまた疼き度二十%アップな訳ですわ。

神も幽霊もUFOも信じていないし、なんだったら実際の目で見ないかぎりネルソン・マンデラとかですら「本当にいるのお？」てな疑り深い私だが、これだけは信じている。人は「疼き」を求めている。うーん、ま、女のことはわからんので、男は「疼き」を求めて生きている。くらいにしとこう。正常な男なら十分に一回はスケベなことを考えている、という風説はあながち大げさじゃない。気がつけばコンビニの雑誌コーナーで「今日の新鮮なグラビアエロ」をチェックしている自分がいる。眞鍋かをり。中島礼香。お。佐藤藍子がついに？　いや、まだまだだ。知らないふりして結構知っている。コンビニで軽く疼き、そして渋谷の街に出ればスターバックスコーヒーの二階から女の足がドオオン。もちろんミニスカの数が多ければ多いほど「疼きポイント」は加算される。今日は軽く疼こうか。ヘビーに疼こうか。男は玄関先で靴の紐を結びながら無意識に考えているものだ。駅の階段でパンチラなんぞを拝めた日には「よし、今日は充分疼けた」と、なんだか凄くなんだかわからんが「納得」してしまう。そんなかわいい疼きの一方で、大きな疼きに人生を賭けてしまう男たちもいる。エロ教師、と呼ばれる人。「我慢できなくて」そう言いながら彼らは生徒に悪戯し、そして永遠にこの世の表舞台から去って行く。一オッパイに一人生である。関係ないが「エロ」という言葉と最もコンビネーションがいいのが「教頭」という言葉である。エロ教頭。申し訳ないがこれ以上に座りのいい言葉はそうそうない。田代盗撮記者会見。あの姿に己れの明日を重ね合わせない男は男じゃない。まあ、死んだ。あれは、死んだわ。しかしまったく微塵《みじん》も褒められた話じゃないが、疼きで死ねる、なんてある意味クールだ。疼きのために死ねるのならば、疼きだけに生きていけるはず。どうよ？　考えてみればそうじゃない？　田代自身は物凄く価値を下げたが、田代のビデオの中身。あれは物凄く価値が出ると思う。疼きに人生を賭けられなかった男たちの鎮魂歌。そういうものがあの中に詰まっている。

しかしまあ、男は哀しいね。こんな男たちをかわいく思ってね、と、切に願う。今回はこんなミニにタコな結論になりました。

編注・田代まさしは二〇〇〇年九月の盗撮に続き、翌年十二月には男性会社員の風呂を覗き逮捕。さらに同月、覚せい剤取締法違反で再逮捕。執行猶予付き判決が出るも、二〇〇四年にまたもや覚せい剤取締法違反と銃刀法違反で逮捕。

煮詰まってありがたくて

ＮＯＤＡ・ＭＡＰの仕事で連日大阪のホテルにおり、ホテル劇場飲み屋、寝、ホテル劇場飲み屋、寝、といった一定の生活リズムの連続で、ある意味規則正しいともいえる日々のわりにはなーんかなんだろな、ただれている私なのである。だって出演者四人ですでに三カ月だもの。煮詰まりますよ。煮詰まりすぎて汁っ気ないもの。もう、ガメ煮（意味不明）。飲んでてももう、笑ってしまうくらい話題がない。「話題ないね」という話で一時間盛り上がるほどの話題なさ加減であって、あの『『お喋り』で人一人殺《あや》めて少年院にいた」との風説をもつほどの冗舌で知られた野田秀樹氏までもが、飲み会の最後の方になると「……まーう」とか「ずわあ」とか、もはや、日本語すら喋れないといった煮詰まりっぷりなのである。

ってんで市川染五郎さんが歌舞伎をやってる京都へと足を延ばしてみた。なんでも『ぴあ』の社員のＳさんの実家が京都の有名な料亭で、染五郎を囲む会のようなものをやりましょうと、まあ、そんなことでそこへ飛び入りで参加することになったのだ。

しかし、問題があった。著名な料亭である。しかも京都のだ。当然えも言われぬおいしさのものが次から次へと卓に並べられるのであるが、根っからのチキンラーメン好きで味音痴な上に、なんだか「京都」「高級」「老舗」「料亭」「よろしおす」「いてこます」といった（最後のは勇み足）雅び的かつ上流階級的なアイテムの波状攻撃の前に、ほとんど新人アイドル並みにあがってしまった私は、どうもいまひとつ素直に「んまい！」とショージくんのようには唸れないのであった。下手すれば「よろしくお願いします！」と料理に挨拶しそうになるのである。に比べて、ですよ。染五郎君の高級料理慣れっぷり、つうか京都的なもののこなしっぷりにはさすが梨園の若旦那、ってな風格があって感心したのであった。もう、あれなのな。こっちがおずおずちびちび小首傾《かし》げて正座までして「こ、こりはなんの材料でできてるんですかぁ？」などとかしこまってるのを尻目に「生湯葉だあ？　ハモだあ？　しゃらくせいやあ」とばかりに膝を崩して小気味よくまるでプリングルスでも食ってるかのごとくポンポンと口に放りこんでいく様は「料理なんざあ食われてなんぼ。成れの果ては糞」という当たり前の現実を我々チキンラーメンの徒に教えてくれるのであった。

　で、なんつうかああいった「ありがたみ」というものには鋭く罠が潜んでいる、と思った。ありがたがった時点で負け、というか、思考停止。レストランでワインのテイスティングってあるでしょ。ちびっと飲んで「あ、これでいいです」あの時間って凄く無駄。どうせわからないんだからさ「テイスティングはしません。そっちで決めて」ってどうして言えないんだろう。あの不条理な時間に「ありがたがっているうちに面倒が通り過ぎてください」という頭悪そうな負け犬感がヒシヒシと横たわっている気がしてならないのである。

高級料理を前にして『美味しんぼ』の副部長みたいに「うひゃああ。しあわせ〜！」とか、「むひょおおお」ってなるのだけは今後やめようと、頑《かたく》なに思った。思ってまた煮詰まりの日々にもどるのであった。

編注・この時はＮＯＤＡ・ＭＡＰ番外公演『農業少女』（二〇〇〇年九月〜十一月上演）に出演中。

天王寺駅前シルクロード

やっとこ大阪から帰り、さ、仕事でもすべえと、宅配便で送っていたワープロを梱包から出したらこの様だ。うう。曲がっているのである、ワープロが。あるか？　ワープロが曲がるって。なんか、お尻ジャンケンで出したチョキ、みたいな見てくれになっておる訳ですよ。よくわからんか。ディスプレイが左肩上がりになっている訳ですよ。だから今回はちょっと斜に構えた文章になるかもしれんのですよ。という言い訳。

パンチがないなあ、と思っていたのですね。大阪での日々に。ま、そりゃあそうなのですね。何度も言うけど天王寺の近鉄百貨店にある劇場と上本町のホテルをタクシーで往復する毎日で刺激がない。で、たまには電車にでも乗ってみるかと谷町線で天王寺まで行ったら、見つけたんですね。パンチ。まあ、それもかなり重い奴。天王寺という町は不思議な町で、原宿にあってもおかしくないようなお洒落なビルを中心にそこかしこにたむろする今っぽい若者や、路上で似顔絵屋や占いをやっておるヒッピー気味な人々、そして片手にワンカップ、抜けた前歯の隙間に拾い煙草を差し込んだ「道がおいらの故郷さ」なオッサンたちが渾然一体養命酒状態となって猥雑なムードを醸し出しまくっているのである。

若者や路上生活の人間が道にしゃがみこんでいる様は、池袋にちょっと似ていると思ったけど、例えば駅前の植込みの辺りに座っている一群を見れば、若者と路上の人、路上一歩手前の人、なんだか心か体がオーバーヒートしてしまっていらっしゃる人などが、トウモロコシのごとく隙なく並んでいるような光景はそうそうなかろう。普通五センチくらいは間隔を開《あ》けてもよさそうなもんだが、酒を片手に猥談する壊れかけのおっさんと短いスカートからパンツ丸出しのコギャルが尻と肩をくっつけて平気でいる。こういうのは、ちょっと見たことないなあ、と思った。天王寺の裏手には「恐い」といわれる一角が広がっており、そこに建ったお洒落ビルに集う若者文化と路上及び肉体労働の文化が混じり合うことなく溶け合っている。そんな感じがした。

駅の構内で凄い光景を見た。三人の、ちょっと背中を押せば明日は道で寝るかもといった見るからに貧しそうな親子がしゃがみこんで、一心不乱にスピードくじをこすっているのである。息子らしい少年が「当たる！　これは当たるでえ！」と、もう「くじを殺す」ほどの勢いでこすれば、父親の方は土下座して両手を合わせてくじの方角に拝んでいる。周りには黒山の人だかり。全然気にしてない。根性丸出し丸裸とはこのことである。なんか日本の「貧しさの中心」を探り当ててしまったような気がして、涙が出てきそうになった。

でもこの貧しさと道にしゃがむ若者の貧しさが溶け合うことはなかろうなあ、と思っていたのだが、アッと手を叩きたくなるような話を聞いた。ついにそういう路上生活っぽいオッサンと道で歌ったりする若者が同じ歌を路上で歌い始めたそうなのである。若者がアコーディオンを弾き、オッサンがギターを弾いているそうな。立ち見客も若者とオッサン、五分五分。そうか、ついに、混じったか。なんか若者文化とリンカップ文化がシルクロードのように交流し始める瞬間に立ち合ったような気がして「凄い凄い」と思ったりもしたが、通り過ぎていく旅人の感傷にすぎないのかもと反省しなおしたりもした私なのだった。

オジサン道

人はいつオジサンになり、そしていつオジサンであることを自覚するのだろうか。

三十七歳になった私は、そんなふうに徒然に考えるのである。

かつて『大人失格』という本で、いかにして自分は完膚《かんぷ》なきまでの正しい大人にならんやといったようなことを縦横斜めに考察した頃、私はそうだよそうだったんだよ、まだ三十歳になったばかりだった訳で。

三十歳はオジサンじゃない。

断固そう思う。少なくとも、例えば梅宮アンナは一目瞭然外人に見えるハーフであり、で、また宮沢りえっていうのは日本人にしか見えないハーフであって、ハーフってのは、まあ、こう、右にも左にも行けるニュートラルさを持った人たちである訳だが、そういうような自在感のある歳だと思うのですね三十歳って。ギリギリおじさん、ギリギリ青年。どっちにも盗塁できるほどに「リーリーリーリー」言ってる歳であると。ていうか、うちの役者の三十歳どもを見ていると、やはり、度し難く、若い。自分が十歳の頃思っていた分別ある大人の三十歳は到底そこにはいない。自分も三十歳の頃はおそらく多分そういうようなものだったと力ずくでも思いたい。暴力に訴えても周囲を納得させたい。実際「自分は大人なのか？」。そんなことはオジサンという生きものは考えない。

ところが三十七歳ですよ、いつのまにか。というか、ごめん、あとひと月で三十八歳です。でも、あえて言いたいのは三十七歳から四十歳までの一年一年て、凄く貴重なような気がするのですな。だって四十はもう。とにかくもう。逃げ場がないもの。オジサンという言葉から。いや、わかる。言いたいことはわかる。三十七だってオジサン。じゅーーぶんそう。トゥー・マッチそう。知ってる。でも三十六歳まではぜーんぜん自分のことオジサンだと思ってなかったのね。で、三十七になっても実は私はキョトンとしていた訳ですよ。「え？　オジサンなの？」みたいな。でも周囲は言うんです。「三十七はオジサンです」と。人間はつくづく一人では自己実現できない生きものなんだと思う。そういって「オジサンだあ。オジサンだあ」と言われていると「オジサンなのかあ。オジサンなのかあ」と催眠をかけられたように納得していくものなのである。試しに知り合いに「鵜飼《うか》いにむいてる。鵜飼いにむいてる」と言い続けてほしい。三年後くらいにはその知り合いの気持ちは「長良川へ。長良川へ」と向かっているものなのである。

しかし、ホント思うのはあれですよね。

人に言われてオジサンになりたくねえ！

ということなのですね。若ぶりたくもないし若さにしがみつきたくもない。それこそオジサンの証拠だとは思っているし、どーせ僕ちんオジサンだもんね、みたいな、原田宗典みたいな開き直りもいやだ。かっこいいオジサン。と呼ばれるのも慰められている気がして、なんか恥ずかしい。とオジサンについてあっち考え、こっち考えするのも、またオジサンならではの風物詩である。

ああ、なんかキョトンと、オジサンになりたい。こう、ふーっと無頓着に、なりたい。ってよく考えてみたら、これ『大人失格』で大人について考えてたこととあんま変わらない。今度は『オジサン失格』という本で一山当てるか。オジサンであることから元をとる。オジサンを金に換える男。どうですかね。

それってある意味正しいオジサン道かもしれないと思うのだけど。

極私的ベストテン

ああ、終わりだ終わりだ。今年も終わりだ。二十世紀もおしまいだ。ってさあ。関係あるぅ？　そんなの。ねえねえ。ないよねえ。田口と古川があるって言っても新田と石黒はないよね。二十世紀が終わった瞬間にずっととれなかった福島訛《なま》りがとれるとか、逆に東京の人間が全員福島訛りになるとか、そういう一大事になるんならそりゃあワッショイワッショイってなものだけど。案外、あ、そ、てなもんだと思う。一九九九年が二〇〇〇年になった時も、なんか「いきそでいけない」って感じだったたし。ちょうどその瞬間コンビニの帰りに道でばったり会った特に親しくもない人と立ち話してたし。

個人的なもんだと思う。やっぱり子どもが生まれた！　とか、彼氏が巨乳に！　とか、そういう年にはかなわない。いくら二十が二十一になっても。

そんな訳で、私松尾の荒々しく過ぎ去った二〇〇〇年の非常に極私的なベストテン！　というのをやってみたいと思う。

⑩家買った！

家、買っちゃったのです。すいません。チ〇コだのマ〇コだのマスコミ的には伏せ字だらけの芝居ばっかやってるくせに。伏せ字御殿と呼ばれております。

⑨兄死んだ！

すいません。洒落になりません。今年、破産して出家してすべてを失った兄が突然脳溢血で死んでしまいました。四十五歳。なんというスピード感。なんという人生。いずれ兄の波乱に富んだ一生のことはあらためて書きたい。

⑧ドラマで初の濡れ場！

芸能生活初のキスシーンを横須賀昌美さんというセクシー女優（あんのか、まだこの言葉）さんと。「オフィスラブしてたんです！」バカバカしいセリフに大弱り。

⑦森光子先生と共演！

同じドラマで、あの森光子さん扮する素人探偵と真犯人に間違えられる小犯人の役で。よくわからんが「この仕事は親孝行！」という気になった。

⑥一足早い「目の」正月！　叶姉妹目撃！

映画の試写会場で、私のド真ん前に座りおった。挨拶に来てたジョージ・クルーニーよりも報道陣を集めていて、どうかと思った。

⑤オキメグを演出！

素直でかわいくて非常に仕事がやり易いスキャンダル女優です。

④『笑っていいとも！』出演！
中高生の頃、私が憧れた、というより、なりたかった人間、タモさんとついに。緊張のあまりなんか変な人になってた気がする。
③松尾、続々雑誌の表紙に！
『鳩よ！』『デューダ』『クイック・ジャパン』次々に表紙を飾った（というのかな）年でした。来年は『アエラ』狙ってますが『ブリオ』でアイドルと、は、なんか嫌。
②大竹しのぶさんとコント！
赤坂ブリッツのイベントであの大竹さんと二千人の客の前でベタなコント。いろんな意味で野田秀樹まみれな一年。
①益子直美さんと共演！
写真集のサイン会に並ぶ一ファンがついに『トップランナー』で同等の席に！　ああ、夢っていつか叶うんだな。渡辺美里の気持ちが爪の先くらいわかる一瞬。
そんな訳で最低なことと最高なことがテレコで起こった激動の一年でした。じゃあ、また。

編注・松尾スズキ、四十歳にして遂に『アエラ』の表紙を飾る（二〇〇三年六月九日号）。

マドモアゼル尻

日本語の使い方の匙加減というのは非常に難しい。この繊細な劇作家である私ですら取り扱いをどうしたらよいかわからなくなることがよくある。もっとも毎日観ている『ワイド！　スクランブル』を大和田獏が休んだだけでどうしたらよいかわからなくなり、「コーディネートは、こーでねーと」とかいうCMを観ても、なんだかどうしたらよいかわからなくなるという「どうしたらよいかわからなくなり屋」の私ではあるが。

この間、画商の女の人がバラバラ死体で発見されるという事件があった。それはいいのだが（ってよくはないのだが）、その事件を伝えるニュースでアナウンサーが「発見されたのは胴体とお尻です」って言ってて、ちょっとうろたえた私なのだった。「お尻」ってニュースで言うような言葉なのか。もっとなんというかお役所仕事な表現はなかったのだろうか。「お尻」は、なんかなんつうの、仕事でいうとフリーターっぽいっていうか、なんだか真剣味に欠ける、なんだろうな、フワフワした「言葉のオヤツ」のような感じがするではないか。ニュースの言葉ってもっと飾りっ気のない「白めし」っぽくなきゃならんのではないの？　これ、画商が男だったら絶対「お尻」とは表現してないと思う。あんまり男の尻に「お」が付けられる局面というものはないわけで。要するに、フランス語って名詞が男女によって微妙に変わるんでしょ？　そういうような意味で「尻」に「マドモアゼル」が付いた状態なのだろうか。「お尻」＝「マドモアゼル尻」ということなのか。だとしたら「胴体」も「お胴体」ってしなきゃ性差別ってものだろう。

じゃあ、もう「尻」でいいじゃん。

とも思う。しかし、どうにも「尻」って言葉はぞんざいなのである。ペラッペラなのである。「胴体と尻」。十対六で「胴体」の勝ち、みたいな。なんというか「胴体」の重厚な佐分利信《さぶりしん》の演技のような渋みに比べ「尻」はマヌケすぎる。試しに「尻」に芝居をさせてみればいい。絶対に棒読みである。歩かせれば右足と右手が一緒になってしまうクチである。「尻」のアマチュア感は暗いニュースにむかない。ましてやバラバラ殺人事件にむかない。腹部。とか。上腕。とか。そういうソリッド感のあるプロの響きがほしいところである。

臀部《でんぶ》！

たしかに「臀部」というニュースむけな、ニューシーな言葉がある。「臀部」。どうだろう。この圧倒的な重量感。もう体の部位でもかなり偉いところまでいってしまった「体の社長」的なダブルの背広的な勤続年数の長さを感じる（何を言っているのかわからなくなってきたが）言葉である。葉月里緒菜の尻なんか絶対「臀部」の仲間に入れてやらないみたいな、そんな「会員制」なムードを持ち合わせている言葉ではないか。

しかし、いかんせん「胴体と臀部」では音の響きが重すぎるのだ。これに「バラバラ」まで加わった日には濁音祭りだ。暗い世相をますます暗くしてしまう。アナウンサーの人はそこのところをおもんぱかったのかもしれない。「胴体」と「バラバラ」で冷えきった心に「お尻」という蒸しタオルをどうぞ。さ、ホッとして（できるか）。そんな気配りもあったのかもしれない。

いずれにせよ「尻」という言葉がシリアスな局面に登場する際は、非常にデリケートな取り扱いが必要だ、と思った松尾でした。

編注・静岡県の大井川港で、東京都大田区の画商のバラバラ遺体が見つかったのは、二〇〇〇年十一月。
犯人の設計事務所経営者は、無期懲役刑が確定。
・佐分利信は小津安二郎作品などに多く出演した俳優。監督作品もある。

憎いあんちきしょう

言葉は荻野目慶子である。

慎重に扱わなければきっと大変なことになる。

今、私は久々に映画出演というものをやっていて、それも三池崇史という最近ノリにノッている（死語）超ファンキーな監督さんの作品なんですね、それが。それも双子の乱暴者の役で、一シーン一度ずつ演技してCGの処理で私が二人いるように見せるという。私が二人ですよ！　おもしろそうでしょ。私に限らずに、同じ人間が二人同時にいるというのは甚《はなは》だ不思議なムードを醸すものではないか。想像してみてほしい。坂本一生が二人。沢田亜矢子の元マネージャー松野さんが二人。花＊花の不気味なほう（どっちだ？）が二人。フリップ　フラップが二人ずつ。ただ椅子に座っているだけでもなかなかにこわおもしろい。

いや、まあ、そんなことはとりあえずどうでもいいのだった。

事件は撮影初日に起こった。織田裕二的にいえば、事件は現場で起こったんだっつの（古いし、うろ覚え）！

それは私が一人で演じる悪人二郎と三郎が女をマンションから車に拉致するというシーンだった。

一年に何本も撮るのだろう。超早撮りのスタッフは私がロケバスで着替え終わるやいなや、あたふたと撮影現場に連れてゆき拉致すべき女優さんに引き合わせた。それがまた素晴らしくナイスバディな人であるということ以上に面食らったのが彼女の衣装だ。上半身ブラ一枚。しかもそのブラがかなり目の粗い網でできていて、ほっとんど、まあ、「憎いあんちきしょう」が見えとる訳ですわ。で、こっちは心の準備というものができておらぬゆえ、決してお上品な道を歩いてきた訳ではない私にせよ、さすがに心は童貞時代にリターンしてクラッシュしたんですわ。困るよしかし、正味な話。「見えました」つうのもなんだし、黙っているには余りにも非日常的に「あんちきしょう」が主張してくださっているし。突っ込むも不自然、突っ込まぬも不自然。四面楚歌なのである。まあなんというか、その場は「どこで購入してきたブラなんでしょうね」などと英国紳士なテイストで（本当か？）ごまかした。が、問題はそのあとよ。いきなり監督がニッコニコしながら言うのである。

「じゃあ、松尾さん本番ではガッシガッシともんでください」

聞いてないよ〜（ホント今回古くてごめん）。

いきなりなことに動転した私は思わず彼女に「いいんですか？」と確認したのである。したら、その途端、彼女は「ププッ」と吹き出したのである。

「いいんですか、だって」

え？　え？　え？　俺なんか間違ったこと言ったあ？　ってなものである。私は「この女優さんは事務所的に『乳もみ』ありな人なのかどうか」を確認したかったのだ。が、しかし、考えてみればこの状況における「いいんですか？」は極めてよだれ飲み込み気味の「い、いいんですかあ？　うへへー」みたいなニュアンスにとられやすい危険性をはらんだ非常に誤解を生みやすい言葉だったのである。撮影が終わりロケバスに戻ってからも、というか、未だに、私は後悔することしきりなのである。なんで「いいんですか？」なんて言っちゃったんだ。

誰かいきなり「乳もめ」と言われた時の正しいリアクションを教えてくれる人はいないだろうか。

いる訳ないのである。

編注・三池崇史監督の映画とは、『殺し屋1』（二〇〇一年）のこと。
・坂本一生は、新・加勢大周という名でデビューした。

「成人免許」携帯の義務

「帰れ！」

「おまえが帰れ！」

凄かった。テレビのあれ。

ほとんど曜日であるとか祝祭日であるとかにかかわりなくここ十数年コヨミをうやむやにしながら生きてきたため、私が知らないうちに祝日が移動していたり聞いたこともない祝日ができていたりして時に驚く。先日も成人式というものが非常にフレキシブルなものになっていたことを過ぎてみてやっと知った私なのだった。ましてや自分の成人式など遥か昔のことであるし、私、成人式に行ってないし。もう、なんか、ふーん、てな感想しか持ちえなかったところで観たのがあのテレビなのだった。

壇上の人間と出席者の間で「帰れ」「おまえが帰れ」の応酬。次にくるのはなんだろう。「おまえがもっと帰れ！」「いや、もっともっとおまえが帰れ！」「いやいや、もう、すごく帰れ。すごい感じで帰れ！　斜めになって帰れ！」「おまえが帰れ。どんどん帰れ。つうか子供に帰れ！」「おまえこそ帰れ帰れ！　卵に帰れ！」「いやさ先祖に帰れ！　石器時代に帰れ！」「二足歩行と四足歩行の中間くらいに帰れ！」「……ウホ！」「ウホウホ！」という按配《あんばい》で二人は人類の進化を逆回しにさかのぼっていくのだった。よくわからない。わからないが成人式から帰れ、というのは子供に帰れ、ということなのでもあるのかもしれないし、おまえが帰れ云々というやりとり自体がそもそも子供じみている。ニュースなどでも「大人になり切れていない若者」などと報じられた。

しかし、逆の考え方もできるのである。

彼らは早くに大人になりすぎていたのではないか。だから人人になりたての人間たちにいかにもな説教をしているポマーダー（ポマードを髪に塗るのを好む熟年層）たちがバカらしくて騒いだのだ。「もっと大人をきちんと楽しませる、大人なジョークを飛ばせる奴を呼べよ」と。「ケーシー高峰を呼べよ」と。そもそも、この価値観多様の時代に早くに大人になってしまった人間と、これから大人になろうとする人間を一緒に「成人」とひっくくってしまうことに無理があるのかもしれない。

ここで私が訴えたいのは「成人試験制度」導入案である。そして試験合格者にだけ許される「成人免許」携帯の義務の公布である。これから生まれてくる人たちは、精神面、道徳面、体力面、多方面からみて「成人である」と認定される試験を十三歳くらいから受ける。十三歳で受かってしまえば成人が受けられるあらゆる権利を持つことができると。

もちろん投票もできれば車も運転できる。逆に試験に合格しなければ三十歳を過ぎてもバーなどには出入りできず、ファミコン（旧）とかビックリマンカードで遊んでいなければいけない。

成人式は年齢に関係なくその年の合格者だけで行われることになる。そうすれば、あんな愚かな騒ぎにはならないはずである。

もっともそういう試験が導入されれば、真っ先に成人である判定を受けそびれる危険性のある私という人間もいる訳であるが。まあ、それはそれでテレビゲーム好きだからいいかもとも思う私でもあるし、あ、でも（旧）は嫌だなとも思ったりもする私でもあるのだった。

（などと考えていたら、このアイデア『世にも奇妙な物語』でやられていたらしい。エッセイだったからまだいいものの……。剣呑剣呑）

編注・二〇〇一年、高知市の成人式で「帰れ！」事件が起こった。二〇〇四年、静岡県伊東市の成人式でも同様の事件が。

邦題屋見参！

最近どうにも鼻につくのである。

鼻パックが？　違う違う、洋画洋画。洋画のタイトルの付け方。もう、FMラジオのDJの横文字の発音の仕方ほどに鼻につくのである。確かにあれ不自然だと思う。ずーっと普通の日本語を喋っていた人間が話の流れの中に横文字が出てきたとたん、なんだか思い出したように外人になるのである。例えば「カーニバル」なら「カーニボー」、「ミック・ジャガー」なら「ミッツ……ジョェゴー」みたいな、そんなふうな妙にこなれた発音になるのである。あれ、不自然だって誰か言わないのかしら。ミック・ジャガーはミック・ジャガーでいいじゃないかって。どーせお茶漬け食ってる日本人なんだから。だったら普段の日本語から外人みたいに発音してほしいと思うのである。「カーニバル」が「カーニボー」なら「春」は「ほー」かと。

まあ、それはともかく、訳がわからんのですよ。『インビジブル』だ『バーティカル・リミット』だ『ホワット・ライズ・ビニース』だ、内容が思い浮かばないし覚えられもしない。『ファイナル・デスティネーション』に至っては、もはや一回聞いただけでは誰も喋れないし、もう、小学二年生なら「泣く」、八十歳以上のお年寄りなら「首などの痛みを訴える」であろう感じの難しさなのである。この間も『アンブレイカブル』という映画の試写を観てパンフレットにコメントを書いたのだが、映画の中身はともかくタイトルの意味がまったくわからない。しょうがないので『**レイジング・ブル**』『**アンタッチャブル**』**に続く世界三大「ブル」映画のひとつ。**などといいかげんなことを書いた。『シックス・センス』とか『ダンサー・イン・ザ・ダーク』とか、話が少しでも想像できるものならまだしもな話だが、あまりにも貰ったものを垂れ流しっていうか傲慢っていうか。まあ、配給会社としては意味のわからなさのお洒落、みたいなものを狙っているのだろうけど、にしても、狙いすぎだろうみたいな。どうも『ミッション：インポッシブル』が当たった。当たりすぎて「ポッシブル」ってそもそもなんだ？　という極めてシンプルな疑問が誰にもひっかからなかった。その辺りからこういう傾向になってきたように思う。

だって、こけたって話だもの『インビジブル』も『ホワット・ライズ・ビニース』も。意味わかんなくて何人の「透明好き」があの看板の前を通り過ぎたことか。もはや、気取ってる時代じゃないんですよ。これからの映画産業のためにもここは是非、あの糸井重里氏に「タイトル王」と言わしめた（ホントなんだから）私に邦題を任せてみてはどうだろう。

『グリーンマイル』は『奇跡の黒人～口から変なのが～』。『バーティカル・リミット』『インビジブル』は、どうせB級なんだから『雪山パニック～限界限界また限界』『oh！ズキズキ透明人間！～消えたら痛かった～』でどうだ。『マグノリア』はよくわからんが『がんばっていきまっしょい2』。『ブエナ・ビスタ・ソシアル・クラブ』は『瘋癲《ふうてん》老人楽団』。

どうだろうか。おすぎに大金払ってコメントもらうのもいいが、ここはひとつ松尾に一肌脱がせてほしい。「邦題屋」の看板を背負わせてほしいのだが。

オデンばばあに花束を

窓の外は雨だ。寒い日の雨は訳もなく寂しい。その雨が産まれたての小馬なんかに降りかかっていた日にはなお寂しい。雨に濡れて一番悲しいものはなんだろうか。中学生の性欲。冷たい雨の中、中学生のたとえば「釈由美子への熱い期待」なぞが濡れそぼっている様は、なんだかとても寂しいだろう。

そしてそれ以上に寂しすぎる光景に、ときどき我々は出くわす。

去年私は一キログラムのパソコンを買った。旅の仕事が増えてきて、旅先での原稿執筆のため必要であったからだ。大きさは『ぴあ』以下、デジタルカメラもついている最新式ですこぶる便利だ。しかし、いかんせん私はメカに非常に弱い。で、何かのソフトをインストールしようとして完全に機能停止させてしまった。スイッチを入れるとなんかパソコンという奴は「カリカリカリッ」って中にネズミかなんかいるような音立てるでしょ？もう「カリ」っとも言わない。今じゃ、私のパソコンは机の片隅で「書類挟み」に成り果てている。スケジュールの書かれたファックスを挟まれている最新式のパソコンは、なんだか寂しい。そういえばセガの『メガドライブ』も、私の部屋で一時期「小銭入れ」に成り下がっていた。小銭を入れられるゲーム機は寂しい。セガそのものも最近寂しい。

オデンばばあというものがいる。

私は寂しさの徒然によく近所のセブン－イレブンに「エロチェック」と称して新世紀の日本のエロの動向を調査しに、というか、まあ、エロ本を立ち読みしに行くわけだが、行くともう、三回に二回の割合でオデンのコーナーでお玉片手にオデンを選んでいる小柄なばばあに出っくわすのである。

ばばあはいつも牛筋とハンペンを選び、小さなカップに入れてもらって、店の片隅で「食べようと」する。セブン－イレブンというものは、店内の飲食を当たり前だがよしとしないので、当然注意を受ける。するとばばあは「うんうん」と答えながらも「でさあ、アンパンってのはこの店にあるのかい？」などと巧みに話題を変えて、店員がアンパンを取りにいっている隙を見てさらにオデンを食おうとしたりするのである。少なくともこの光景を私は十回以上昼となく夜となく見かけているのだ。一度なぞ、店員が見てないのをいいことに、缶コーヒーを右手にオデンを左手にコピー機をテーブルにして悠然とランチタイムを楽しんでいたりもした。

これほど毎日来ているということは当然近所に住んでいるのであり、家に持って帰って食べればそりゃあいいのだが、あくまでばばあは「店内」にこだわるのである。よっぽど、熱々のオデンが好きなのだろう、って、そうじゃなくて、彼女はいかんともしがたく寂しいのである。オデンそのものが好きかどうかもわからない。セブン－イレブンの買物で一番時間がかかるのが「オデン」である。彼女は「オデンの時間」で埋まらない何かを埋めているのである。それだけの話だ。

オデンばばあは寂しい。

そしてよく考えたらオデンばばあの数だけコンビニに行っている私もなんだか寂しいのだった。

編注・セガの『メガドライブ』は一九八八年十月に発売。

考察・くだらない名前の人間は核のボタンを押せるだろうか

　ゴールデンアロー賞というものを貰うことになった。

　青天の霹靂とはこういうのをいう。そして「へきれき」という言葉がこんな、なんか邪悪な感じのする文字化けみたいに難しい字なんだということをワープロで打ってみて初めて知った自分もいる。

　なにしろ前年度の受賞者は藤原竜也だ。知らないけど六百人切りの男だ。これはそういったテレビ関係の派手目の方が貰う賞だと勝手に思っていて、まさか、一日の大半を地味にシコシコ自宅のワープロの前でギャグ考えてばかりいる自分にお鉢が回ってくるとは考えもしなかったので、とっても驚いたのである。まだ、読売演劇大賞とか紀伊國屋演劇賞とか、演劇人である私のとるべき賞はいろいろあるのだが、やっぱり自分は良くも悪くも演劇界では「イロもの」なのだなあという感慨が嬉しいながらもあったのだった。

　同じ壇上に並ぶのは、北野武、サザンオールスターズ、etc.。おいおい、すげえよ、これ。さらに、釈由美子。優香。これさあ、もう、どういう気持ちでそこにいればいいのか、今からさっぱりわからない。緊張すればいいのかニヤニヤすればいいのか。多分、緊張してニヤニヤしちゃうんだろうけど。

にしても、こういう晴れの舞台に出る時いつも困ってしまうのが、自分の名前だ。松尾スズキ。

どうしたもんだろうな、これ。っていうのがある。とにかく真面目な人間のつける名前じゃないってことだけは確かだ。もともと「人生の責任逃れ」みたいな気持ちでつけた適当なものであり、こういった賞の席上とか葬式とか、嘘でも真剣味を要求される場所に赴くことをまったく予想だにしてなかった名前なのである。なーんか、スナック菓子が散らかってたりするところで数人のデブが寝転がってコーラ飲みながら少年サンデーを声に出して読んでいるような、そんなだらしない場所用の名前である気がするのである、松尾スズキって。

『松尾スズキ』には、できないこと、やってはいけないことがいっぱいある。こんな名前で死をかけてホームから線路に落ちた人を救おうとしていいものだろうか。多分、こんな名前でそんな英雄っぽいことや悲劇っぽいことは許されない。いったんは線路に飛び降りるが、電車が来た瞬間、ホームに飛んで帰って、その間に酔っ払いは電車にGO！　そういうのが似合う名前だ。悲痛な死に方はできない。自殺などもってのほかだ。

『松尾スズキさん、自宅で首を吊る』

そんなニュースのどこに説得力というものがあるのだろうか。おまけに私は自宅の押し入れに『お宝ガールズ』を全号そろえている。そんな人間に自殺はできない。葬儀に参列した人もどういう顔をしていいかわからない。逆にこういうのも困る。

『松尾スズキ、怨恨の果て隣人を刺殺』

こんな名前の人間に人を殺されても非常に飲みこみづらいし、殺されてもなんだか納得いかないだろう。

そこで提案だ。どうも人生がつらく死んでしまいそうな人、あるいは誰かを殺してしまいそうな人は、そんなドラマチックなシチュエーションに対し、説得力に欠ける情けない名前に改名するのはどうか。

『ノッポ太郎』に自殺が許されようか。『雨山シトピッチャン』に核のボタンが押せようか。地球がくだらない名前の人間で埋めつくされれば、この世の不幸は、そこそこなくなるのではないか。

思わぬ受賞に動揺し、どうでもいいことばかり考える私なのだった。

編注・松尾スズキが受賞したのはゴールデンアロー賞演劇賞。因みに翌年の二〇〇二年は中村勘九郎（二〇〇五年に中村勘三郎を襲名）が受賞。

釈も一緒に方舟に

私はとにかく今非常に追い詰められているのである。何しろ今現在本公演の初日まで一週間弱な状態であり、かつまた台本が仕上がったのがジャスト今日なのであって、これはさすがに初めての事態であり、すでに一週間ほどドキドキしてまともに寝てないのである。当然ここ二カ月、本も読んでなければ映画も観てない。もう、テレビもねえラジオもねえバスは一日一度くる。といった按配なのである。といったネタも当然のごとく古かったのである。それでも『女優・杏子』だけはビデオに録画して観ている私ではあるのだけれども。以前「言葉は荻野目慶子に似ている。慎重に扱わないと大変なことになる」と格言した私であるが、まさにその通りの展開で、目が離せないのだ。忙しさと荻野目は別腹なのである。してまた、忙しさの中で『女優・杏子』にはまりもしながら、私は昨日ゴールデンアロー賞の授賞式に行ってきたのであった。事務所のスタッフは「公演の一週間前ですが受賞なさいますか？　稽古休んで」などとムタイなことを言ったが、いや、受賞するでしょ、この場合。忙しさと受賞もまた別腹なのである。男にはいろんな腹があるのだ。第四腹くらいあるでしょ普通。もう牛と呼んでもいいよ私のことを。私がモグモグしてたら反芻《はんすう》してると思っていいよ、ほんとにモー。

　いや、しかし、ゴージャスでしたね。かつてこれほど芸能人を目《ま》のあたりにした一日があっただろうか。もうね、司会の下平さやかですらただの結婚式の司会者に見えたもの。受賞者の一人でありながら、気分は人一倍一般人に近かった私ではなかろうか。氷川きよし。歌ってくれましたね。生「やだねったらやだね」だもの。「生ねったら生ね」だもの。コージー冨田。ファンなんです。もともと物真似は大好きであり、中村玉緒の物真似で知られる中島マリは学校の先輩であり友達でもある私なのだが、彼の物真似はいやほんとに凄いと思う。もう、彼と一緒に一週間くらい旅行したいもの、別府とかつまんない町を。あまりのつまんなさに五日目あたりから物真似でしか喋ってくれなくなるのでは、というチャンスを狙うのだ。なにが「狙うのだ」なのかわからないが、実のところ、ほんとのファンの人にはなかなか話しかけられなくて、なんか彼の応援に来ていたそっくりさん軍団の中で一際《ひときわ》人目をひいた「異常に小さい田村正和」に緊急接触。写真まで一緒に撮ってもらっちゃいました。どうしてくれようあの写真。見事大賞を取られた北野武御大《おんたい》には、これを逃したら一生機会がない、と意を決して心臓バクバク言わせながら「おめおめおめでとうございます」とコンタクト。殿はいきなりサングラスをかけて「ファッキンジャップくらいわかれコノヤロウ。バンバンバンバン（ピストルを撃つ音）」とは言わず「ロッキーチヤックは山ネズミだコノヤロウ。カリカリカリ（クルミを齧《かじ》る音）」とも言わず、「どこで公演やるんですか」などと優しい言葉をかけてくんなさった。感無量。

にしても今回の私のメダマは生釈。釈由美子さんだった（一度知り合ってしまうとこういう場で呼び捨てにできなくなるのな。前回まではバンバンしてたのに）。釈ちゃんは私が正月にやったドラマ『恋は余計なお世話』を観ており「犬をカレンダーに挟むのが最高でしたー」と絶賛してくれたのであった。嬉しいねえ。

私は「私を褒める人間以外は洪水で絶滅して結構」と真剣に考える三十八歳なのであって、私の方舟に釈ちゃんという乗組員がまた一人加わった有意義な一日なのでありました。

編注・本公演とは、大人計画『エロスの果て』のこと。二〇〇一年三月～四月に上演された。

・『恋は余計なお世話』は、松尾スズキ、深津絵里、大竹しのぶ、宮藤官九郎、阿部サダヲ出演で、二〇〇一年一月二日に放送された。

宍戸事情

またやらかしましたねえ。

何をって「五十を越えようって学校の教師が電車の中で下腹部を露出」ですわ。しかも、下半身には「女物の下着」ですわ。さらに「下着の中には『もなか』三つと、村上龍の『イン ザ・ミソスープ』を忍ばせて」ですわ。まあ、最後のは嘘ですわ。

しかし、なんでなんだろう、と思うのだ。なんで我慢できないんだろう。我々はそうため息して考えるのをやめるのである。「変態っているよね。ああ、気持ちわりい」で、思考停止。だけれどもいいのだろうか、それで。と私は思ってしまうのであろう。

ただの中年スキャンティーではない。教師という社会的地位の放棄。家族の崩壊。退職金もナッシング。そういった極めてリスキーな、中年スキャンティーなのである。

これは、よっぽどな事情があった、と思わざるをえないではないか。しかも、それは多分、本人にもどうにも説明のつかない「よっぽど」なのである。まともにこの生きづらい社会を生きていれば、人は誰しもよっぽどな事情のひとつやふたつは抱えているものだ。そしてよっぽどのことがない限り、人はそのよっぽどさ加減を人前に披露することはない。

つまり、例えば、花粉の量が自分の体の許容量を超えた時、人は花粉症になるのだそうだが、それと同じように、自分の中の「よっぽど量」が自分の身の丈を超えてしまった時にだけ、人は世間を「えっ?」と驚かすような、そんなよっぽどなことになってしまうのだろう。なんだか「ヨッポド、ヨッポド」と繰り返すと韓国語のようであるが、件の中年教師は体の中の「スキャンティー許容量」がなんらかの理由で「定量オーバー」になってしまったのだ。としか思えない私なのである。

最近宍戸錠があの「頬袋」を顔から落としたと聞く。

よっぽどのことだ。

ていうか、そもそも頬袋を手術で取りつけること自体がかなりエマージェンシーなものを想像させるのである。だって、まだ整形手術をする前の宍戸錠という人を昔の映画で観たことがあるが、これがもう、びっくりするほどの二枚目なのである。それがわざわざ頬に袋をつけて「おもしろ」な顔にするというのは、もう、どういうことかというと、牧瀬里穂が手術で顎を二センチ前に出すとか、知念里奈が目をあと五センチ離すとか、松嶋菜々子が鼻の下の溝をさらに深く掘り下げるとか、そういう暴挙に匹敵するようなよっぽどなのである。宍戸錠は自著で「今でもその決断がよかったのか悪かったのかわからない」と書いていると
いう。やはり自分でも説明がつかないのである。「ほっぺたに何か入

れたい気持ち」許容量が、定量を超えたのである。

なのに、今度はそれを取ったという。

よっぽどの事情を超えて、よっぽどの二乗なのである。

これが開のほうだったら毎日おいしいものを食べ歩いているので頬も自然と落ちようというものだが、何しろ相手は錠なのである。

そして、最も大きな問題は詰め物を取ったあとポッカリ空《あ》いた空間に何を入れるか、なのである。

私は間違ったことを言っているだろうか。

大衆はよっぽどのことを常に求めている。「よっぽどのもの」を取り出した空間にはさらに「よっぽどなもの」を詰めてほしい、というのが社会の要望というものだ。

「宍戸錠空間」に何を入れたらいいか。甘食。カボス。ゼムクリップ。シーモンキー。GB版『ゼルダの伝説』。「くるり」のシングル。ゆうや被告に届くはずだった唐組の合格通知。

そういったものが、詰め込まれていくことを我々は期待してやまないのである。

私は、疲れている。多分、とても。

温泉行きたい。

編注・宍戸錠は、頬の除去手術を受けるまでの葛藤を描いた『ダーティー・ジョーカー』を制作。
・ゆうやとは三田佳子の二男、高橋祐也のこと。

直訴の季節

直訴。

というものを皆様は経験されたことがあるだろうか。勝訴。そういうものなら多少の経験がある方もいるかもしれない。そういうものを別の薬品と混ぜると危険なのかもしれない。しかし、ことは直訴である。尿素。議会制民主主義国家である日本ではなかなかに見られない光景だが、一般社会では大手を振って通用するはずの民主主義というものが一切通らず「多数決」なるものに白黒のゲームボーイほどの価値もなく弱者は限りなくこの世の果てまでほってておかれることが当たり前である我々の棲む「芸能」という世界では、稀に直訴的なものを垣間見ることができる。土下座、なども、日蝕と同じくらいの確率で見られる。そういう意味では古きよき封建的日本の風物詩が我々の世界にはまだまだ色を残している訳である。

どうやら四月は直訴の季節らしい。

初めて直訴を見たのは、去年の四月、私が演出した芝居『王将』の楽屋でのことだった。舞台がはねて（終わって）楽屋に戻った主演俳優である130Rの板尾創路《いつじ》さんを待ち受けていたのは、歳の頃なら二十歳前後、痩せぎすで、服のコーディネートといい散髪の具合といい全身に「失敗」を四割がた練り込んだような困った感じの青年だった。青年はどこか思い詰めた表情をしており、非常に非力に見えながらも武の映画に出てくる「気弱なんだけど突然刺す奴」そして「刺したあと『すいません』て言う奴」っぽさを全身からみなぎらしていて、まさに一触即発といったやばい緊張感が楽屋に走ったのである。

「い、いた、板尾さんすか」

そりゃあ、板尾さんなのである。板尾さん主演の舞台を先ほどまでやっておったのである。板尾さんは楽屋の椅子に深く腰掛けたまま、いつものまどろむような目つきでめんどくさそうに吐きすてた。

「知らん」

凄まじいまでのめんどくささである。これほどのめんどくささが他にあろうか。「板尾さんすか」「知らん」て。青年はその山でいうならエベレスト級の、もう「捨てたゴミも土に返らない」ほどのめんどくさっぷりに一瞬たじろいだが、なおも頑張った。

「あの、弟子とか」

「知らん」

「弟子とかはとらないんですか」

「弟子という言葉を知らん」

あきらめればいいのに青年はさらに続けた。

「弟子にしてください」

「吉本の学校に行ったらええねんや」

「……それは、どこに」

「知らん」

「吉本の学校って」

「知らん。吉本なんて知らん」

もう、けんもほろろ、というものも通り越して、けんもほろっほう（後半鳩の物真似で）なのだった。昔から直訴というものは「Ｆａｙｒａｙが天下をとる時代」ほどに不可能な感じに満ちているのであった。

で、今年の四月。私も直訴にあった。『エロスの果て』本公演中である。下北沢本多劇場に向かう私を一人の金髪の女が追いかけてきた。女は私の前にまわり込むと涙目になりながら一通の封筒を差し出した。封筒には「コント」と書かれていた。読め、ということらしい。

つ、ついにこの私にも直訴らしい直訴が。すかさず身構える。

女は緊張に震える声で訴えた。

「ここ、これ、宮藤さんに渡してください」

私はとびっきりの笑顔で答えるのだった。

「知らん」


編注・Ｆａｙｒａｙは吉本興業所属のシンガーソングライター。

ユニバーサル・スタジオ・ジャパンに行ってきた

近所の商店街を歩いていたのね。で、ちょうど八百屋さんの前を通りかかった頃、後ろから「おじょうさん！」て、どっかのおっさんの声がしたのね。その時、俺の前でダイコン選んでたおばはんがハッと振り向いたのね。もちろん声をかけられたのはおばはんじゃなくて、どっかのおじょうさんな訳なんだけど、振り向いたおばはんがダイコン握りしめたまま、ため息混じりに「振り向いちゃったよ……」と、誰にともなくつぶやいてたのが妙におかしかったのね。

以上。前説終わり。

もう私のコラムを読んでいる方々は聞き飽きたことかもしれないが、それでも今回はあえて叫びたい。もう、いいよ。という方は次の改行の一文だけ目をつぶって読んでいただきたい。

いそがしいいいいいいいいい！

はい、目を開けてよいです。

もう、私はクタクタなのです。どれほどにクタクタかといえば、あまりに疲れたので近所のマッサージに行ったんだけど、そこがビルの三階だと知って「俺、今、昇れないや」と引き返したという。そういったクタクタ。

そんないそがしい合間をどう縫えたか、私はユニバーサル・スタジオ・ジャパン（以下USJ）に行ってきたのである。男三人で。私、この連載担当のA藤、なんか角刈りの若者（ごめん、名前忘れた）。本当にこのA藤という男は気が利かない男で「ここぞ」という時に限って男ばかりのセッティングをするのである。

「松尾さんのファンの女の子が二、三人いてるんですけど、松尾さん、じゃまくさい思いはるやろ思て、ほったらかしてきました」。

どういう気の利かせ方なんだ、つうの。そいで、なんで角刈りの若者つれてくるの、つうの。そして私と角刈りを残して、なんで時々どっか消えるの、つうの。ほんと、時々何かこの男は私に対して重大な勘違いをしているように思えてしかたないのである。

まあ、それはともかく。行ってきました。USJ。時間の都合で覗けたアトラクションは『ターミネーター2：3－D』のみ。だったけど、おもしろかった。いきなりMCのお姉さんが悪者に首の骨折られたりしてかなりデストロイな感じのするショーが前半展開されるのだが、某巨大テーマパークのように入場したとたんに吹き荒れる「偽善の嵐」に巻き込まれ、一瞬いい人間になった気がした自分にあとで後悔、なんてことがないだけよろしい。素直に大人として楽しめた。

でも、欲をいえば、せっかくあれだけ世界を作り込んでるんだから、チャップリンとかモンローなんかでなく、もうちょっと通好みな映画キャラクターが町をうろうろしていてくれるともっと楽しいかも。私の大好きな『リービング・ラスベガス』のニコラス・ケイジそっくりさんが酒瓶片手にうろうろしつつ、なぜか突然「パチンコ！」と叫んだり。アトラクションもあれだけの技術があれば、『マルコヴィッチの穴』に入れたり、こう、大作だけでなく「単館上映」的なものを望みたい。ジャパンをうたっているのだから邦画も混ざっていると嬉しい。個人的には『鬼畜』の岩下志麻がおひつのご飯をしゃもじですくって追いかけてくる、なんていうパビリオンがあるといいよなあ（何がいいんだ）。

とにかくそういう演出やらせたら松尾はピカ一ですぜ、ＵＳＪさん、どうよ。どうなのよ（また最後は売り込みか……）。

スナックで遊べる男

ウインド・サーフィン。ゴルフ。芸者遊び。サバイバルゲーム。さて、これらに共通するものはなんでしょう。正解、私が絶対やらない遊び。である。なぜならば、これらは「んなもなあ、やろうと思えばいつでもできる」からだ。芸者遊びはちと難易度が高い、と思われるむきもあろう。しかし、とりあえず芸者のいるところに行けば芸者がなんか「ちょいと旦那あ」とか「トチチリシャン」とか言いながらなんとかどうにかしてくれるんでしょう？　知らないけど。

だがやれそうでやれない遊びがある。

スナック遊びだ。

テレビで、二十代で年収二千万だか三千万だかの人が「男は十代の頃から将来の自分がどうなるかっていうビジョンを持ってなければ駄目だ」とぬかした。そうですか。十代といえば大学生一年の頃。まだ自分が「なにもの」になりたいのか、まったく見当すらついていなかった私は新幹線で売り子のバイトをしていた。ただで東京に遊びに行けるからだ。

ところで、あの仕事には休憩所というものがない。我々は仕事の合間を盗んでトイレの脇の洗面所に入り、カーテンを閉めて束の間の休息をとるのである。新幹線の洗面所には三面鏡がついている。慣れぬ労働に疲れた私の痩せた顔は正面から見ても右から見ても左から見ても途方に暮れてふさいでいた。おい、そこの顔、どうなりたい訳？　ね、君、将来どうなりたいの？　♪どうなってるの？　時折鏡に問いかけた。答えは返ってこなかった。

でも、ある日のことだ。鏡の向こうにどういうことだろう。

スナックで遊ぶ未来の自分が見えた。

幻覚は幻覚だ。しかし、未来の私は確かに、その六畳ほどの小さなスナックのカウンターで水割りをチビチビやっておったのである。年増のママと「今日、ツケといて」などと語っておったのである。パイロットとか一流商社マンとか、素晴らしい夢をさておいて、である。

それほどに昔から私にとってスナックとは、憧れと不思議に満ちた場所だったのである。

スナック。私の知り合いのスナックマスター（スナックのマスターではない。スナックをマスターした人だ）に話を聞けばそこには、乾き菓子とアタリメがあるという。カラオケとおばちゃんがいるという。たまに出前でオムライスをとってくれるという。客は「ちゃん」づけで呼び合っているという。一人が歌いだせば誰かがハモルという。なのにお互いの職業さえ知らないという。でも誰が何曜日に来るのかみんなわかっているという。おおおむねママは四十を過ぎているという。なんだか、なんだろう、ああ、物凄くおもしろくなさそうだ！　私に楽しめそうな要素が非常に少ない。カモン！　要素！　と思うが、その「おもしろ」の「少なさ」に「深さ」があるのだという。「深いです。スナックは」。スナックマスターはしみじみ繰り返すのである。近所にスナックがいっぱい入ったビルがある。スナック「ん」。スナック「もうかるまで」。スナック「ブス」。スナック「ぐれちゃうぞ」。スナック「女のひまつぶし」。スナック「ダム」。ああ、店名を見れば見るほど入りにくい。その入りにくさの地平の果てに、きっと「大人の遊び」の荒野が広がっているのやも知れぬ。とっても難しい世界だ。

ただ、もし田中康夫と友達になれたら、とりあえずスナック「ダム」には行ってみたいと思う私だった。「視察に来ました」。その一言で何かが「つかめる」ような気がする私なのだ。

編注・当時の長野県知事田中康夫は、二〇〇一年二月「脱ダム宣言」を発表。ダム推進派と大モメし、県議会は大混乱。三選を目指した二〇〇六年の知事選では、元衆議院議員で大臣経験もある村井仁に敗れた。

スティーブ！　おまえって奴は

捨てゼリフってものがあるだろう。

昔、ジミー大西がやってたあれだ。

「がんばれよ」

「おまえもがんばれよ」

というようなやつである。

私がアメリカ映画を観ていて特に気になるのは、アメリカ人どもの「小粋な捨てゼリフ」癖である。どうして野郎たちは最後に一言ものもうさなきゃ気のすまん動物なのだろうか。

たとえば主人公が何か機械に挟まれてる。

仲間が助けにくる。

「大丈夫か、スティーブ！」

主人公は死の苦痛にあえぎながらもこう捨てゼリフをもらすのだ。

「まるでサンドイッチのピクルスになったみたいな気分さ」

もうちょいブラックな奴ならば、

「……最悪だ。でも、おまえにカミさんの写真を見せられた時よりはましさ」

仲間は涙ぐみながらもこう切り返す。

「……まったくおまえは口の減らない奴だぜ」

「おーっと、いけねえ。目の前がかすんできやがった」

「スティーブ！」

「……今なら、……おまえのカミさんも……ジュリア・ロバーツに、み、え、るかもな……」

「スティーブ～!!」

まったくアメリカ人て輩《やから》は。ため息してしまう私なのである。なんで死ぬほど痛い目にあってる最中にノルマのごとく小粋であらねばならんのだ。

「スティーブ～！」

「いてえええええ」

これじゃ味気ないのか？　死の間際まで味を出さなきゃいられないとはアメリカ人も哀しい性分である。ていうか、そんなこと考える余裕があるんだったら自分が小粋だけど「わりとつまんない」状態であることを自覚するべきだろう。死の間際小粋なことを言われた親友は決まって困ったような作り笑いを浮かべる。別におもしろくないからだ。しかし、死ってのはとりあえず「えらいこと」であるから、死ぬ人間は師匠で、みとる人間は弟子、みたいなヒエラルキーがある。師匠の言ったジョークには弟子は無理にでも笑うものだ。そうして師匠というものは甘やかされてダメになっていくのである。

逆もある。人食いハンニバル・レクター博士もなかなかに頭がいいのだが、人を殺す際必ず飛び出す捨てゼリフはちょっといただけない。

「ワインは歓迎だ」

ぎゃあああ！　って、そんな意味わかんない捨てゼリフで殺されては浮かばれない。しかし殺されるに足る捨てゼリフなぞあろうか。

私の家の近所の駅のホームで痛ましい事件があった。「足を踏んだ踏まない」の口論の果て四人の若者がサラリーマンの捨てゼリフにぶち切れて殴り殺してしまったのだ。気になるのは何言って殺されちゃったのかなあ、という問題である。「ばーか、ばーか」とか「足踏むなよ〜」とか、まあ、日本人らしい当たり前のことを言ったんだろうけど、

「おまえの足の踏み方は田舎の洗濯女みたいだったぜ」

そんなアメリカ人らしい小粋な捨てゼリフであったならば、もしかしたら四人はボンヤリしてしまってサラリーマン氏も殺されずにすんだかもしれない、なんてことも思った私

だった。

編注・東急田園都市線の三軒茶屋駅ホームで、銀行員が十八歳の少年らに暴行され死亡したのは、二〇〇一年四月。

命の軽みに耐えかねて

テレビのニュースを観ていて衝撃が走った。この間、現在一緒に芝居の稽古中の大浦龍宇一と飲み屋街を歩いていて、彼が「ああ、ぎょみんや……」とつぶやいた。『魚民《うおたみ》』の存在を知らなかったのであるが、その時以上の衝撃度である。

イスラエルのパーティー会場の床が抜けてそこで踊っていた百人くらいの人たちが「ギャアア」言いながらズボオオッと落っこちてゆく様がまざまざとビデオに撮られていたのである。パーティー会場の人々は「死に物狂い」つう感じで踊り狂っていて、そして、踊り狂いながら本当に死んでいったのである。まさにダンス・イン・デスである。何が「まさに」なのかわからないが、普通ねえよ、そんな死に方、っちゅう話なのである。興味深いのは床が抜けた瞬間「やばっ！」っていう顔をした人と、まだ「エンジョイ！　ダンシング！」っていう顔をした人が、同時に映し出されていたことだ。客観的に見れば「やばっ！」って人の側にいたいものだが、「やばっ！」と思おうが「エンジョイ！」と思おうが同じく死ぬるのであれば「エンジョイ！」サイドのまま死んでいったほうが幸せなのかもしれない。

なんか、どんどん原稿が不謹慎色に染まっていくのを感じる私だが、あれほどに人の命が軽く見える瞬間というものもないなあ、と思った私だったのである。

最近、人の命が軽いといえば「電車」まわりである。「足踏んだ？」といえば殺され、「ちょっと詰めて」といえば殺され、まあ、軽い軽い。「こんなにカサがあるのにこんなに軽いの？」っていうカイワレダイコン並みの軽さに成り果てているのである。たかだか二、三百円の運賃の乗り物である。値段と重みでかんがみれば『ぴあ関西版』ほどの手軽さで人が死ぬのが昨今の電車事情なのである。

なのに不思議なのは「駆け込み電車」や「忘れ傘」に関しては、世界中まれにみる「注意好き」の日本電車アナウンス業界が「死なないようにしましょう」という注意をなさない点である。「傘などのお忘れ物」に心、配っている場合ではないのである。「命の忘れ物」が心配なのである。まあ「死なないようにしましょう」というのは、ちと、無理がある。彼らは殺されたのである。「無闇に殺さないようにしましょう」が正しい。いや、まて、殺した人々も「うっかり」殺してしまったようだ。そもそもの原因は「注意した」「しない」「謝れ」「謝らぬ」うんぬんに関わる問題だ。

「電車の中では他人に注意しないように注意しましょう」

そういうアナウンスが求められているのかもしれない。いやいや、では、正義は？　正義の問題はどうだ。

「正義はどこにいった？」

そう。チーズなどよりも「正義」の行方を我々は気にしなければいけない。「バターはどこに溶けた？」。どうでもいいことだ。「チーズかまぼこは、チーズなのか、かまぼこなのか？」。本当にどうでもいいことだ。しかし、心せねばならない。命は正義よりも重い。根拠はないがそう思う。かぼそい自分の命を守るには「死の前に正義もへったくれもねえ」という当たり前をお互い確認し合うことが重要だ。

「正義などないのかもしれません」

これからの電車内アナウンスはまず、そこのところから明らかにせねばならない。

「本当の正義ってなんでしょう？」

そんなアナウンスが電車の車内で流れる日も、そう遠くはないかもしれないのであった。


編注・『魚民』は全国展開の居酒屋チェーン。
・イスラエルでパーティー会場の床が抜けたのは、二〇〇一年五月二十四日。挙式パーティーの最中で、三百人以上の死傷者が出た。

しい。

旗はどこから来てどこへ行くのか

伏せろ！

いきなり伏せろってこたあないが、最近の日本はそうとうに油断のならない国であるらしい。

主婦が全裸で殴られ死んでいる脇に血のついた観音像が落ちていたという。

何もよりによって観音像で殴らなくとも。死体の脇の凶器というものにはもっと「ありがたみのなさ」がほしい。日々オドオドと生きる我々は願うのである。十字架とか正月の羽子板とかアカデミー賞のあの宇宙人みたいなトロフィーとか、そういったもので殴り殺されたくはないのである。「死ぬ」というまがまがしさに見あうだけの、例えば『バトル・ロワイヤル』の単行本とか、そういう嫌な感じのする凶器で殴ってほしいと思うのはわがままだろうか。

さて、ありがたいといえば、世界各国でありがたさの代表とまでなっているのに、日本でだけはそのありがたさが微妙なことになっているものがある。

さて、な〜んだ？

電撃ネットワーク。

ブー。確かに電撃ネットワークは海外の方がウケがいいらしいが別にありがたさの代表ってことはない。

答えは国旗である。

日本には国旗に関するデリケートで複雑でデンジャラスな問題がある。特に学校関係のそれは難しすぎて、部屋にトンボが二匹飛び込んできただけでパニックを起こす私なぞにはとうていさわれる話じゃない。

しかし、不思議がある。日本の国旗には三つの不思議があるのである。

あれほどまでに国旗を掲げることが物議を醸すこの国において、なぜに国道などではあれほどまでに我々は無邪気に旗を振るのだろうか。マラソン選手に向けて、やんごとなき人たちにむけて、我々はもうこれ以上ないという、笑顔以上でも以下でもないという笑顔で旗を振るじゃあないか。確かに日本の国旗のデザインは悪いものじゃない。シンプルで目立つ。宇宙人が見ても覚えやすい。その存在感は世界一といってもいいかもしれない。そのデザインの美しさに負けて、人は国道で旗を振ってしまうのだろうか。

振っちゃうという不思議なのである。

あの小旗を持って無表情でジーッと直立していられる人はいないのである。どんなに不幸で疲れた人であってもなんだか我慢できなくなって小刻みに振ってしまうのである。振って笑ってしまうのである。

もう一つの不思議。あの皆が持っている旗はどこで支給あるいは購入されておるのだろうか。どうみても「自家製」という感じはしないし、東急ハンズなどであの「小旗」を見かけたことはない。「旗屋」なるものが存在して国道に群れ集う人々に一個百円とかで売っているのであろうか。

そして最後の不思議。

国道で振り終わった国旗はいったいどこにいくのだろうか。どうも私にはあの旗を振る人々が自宅にそれを持ち帰ってタンスなぞに保管しているようには思えないのである。やはり、「振り済み国旗回収業者」が出回るのだろうか。「旗廃棄物」問題でもめたりするのだろうか。

よくわからないことだらけである。にしてもあの旗を振る人たちの幸せそうな笑顔は捨てがたい。最近ストレスの多い私なのだが、一つ手ごろな旗を購入して、どれだけ幸せになれるのか是非振って試してみたい。

誰かあれがどこで売っているか、疲れ果てた私に教えてくれ。

ああ、言エナイスト

セーラー服にルーズソックスの、十六歳の少女が変質者に髪を切られる。

「事件」でお馴染み我が町世田谷、通称「ジケェン・タウン（イェン・タウンをモジろうとして大失敗）」でまたしても、そんなような痛ましい事件があったのですね。

髪は女の命ですわ。男の私にしても薄くなった今となっては一本二万円で取引しようぜってくらい、もう、ワシントン条約に抵触するほどに大切なものなのですね。にしても、ちょっと今回の事件は様子が複雑なのだった。

十六歳だったと思っていた少女が、調べてみると四十四歳だったのだ。この事実が判明すればするほどに事件の「痛ましさ」は別の意味を持ってしまうのである。

誰が、どんな警官が、訊ねたのだろうか。

その警官が痛ましいのである。

「あんた、四十四歳だよね？」

どんな声色で。どんな弱腰で。うわああ。

俺だったら言えねぇ。

「なんでルーズソックス履いて、十六歳だって言ってたの?」

痛すぎて言えねえ。

そのおばさんは発見者の通報で警官に連れてこられたらしい。もしかしたらおばさんも、発見者に言いたかったかもしれない。

「なんでほっといてくんなかったんじゃ」

それも言えねえええ。なんで語尾が「民話調」なのかわからんが言えねえええええ。

そうなのである。日本人というものはこの「言えなさ」を抱えて生きる民族なのである。

アメリカ人なら躊躇《ちゅうちょ》なく突っ込むだろう。

「(なぜか関西弁なのだが)ナンデ四十四歳ヤネン。オバチャン頭オカシイン違ウカ?」

それもガムを嚙んだり派手なジェスチャーを加えたりのサービス満載なありさまで。

日本人はなかなかそうはいかない。「あんたキム・ジョンナムじゃないの?」。そうは言えないからあの「ザ・ベストの人」をさっさと国外にほっぽりだしたのである。その際、ガムはおろか日本の誇る「嚙み物」昆布すら嚙んではいなかったはずである。

にしてもだ。最近「言っちゃう」ことを「痛む」美学というものが失われつつある。インターネットの掲示板というアレだ。なんかもうガツガツガツガツしてんのな。ガムどころかビーフジャーキーでも嚙みながらといった不躾《ぶしつけ》な態度で人の痛みを突きに突く。まあ、一〇〇%、かっこいい人間はああいうところには書き込まない。ベタベタ油の七：三分けのダンガリーシャツをピチピチGパンにインしてベルトでガッチリ締めあげたその手で鼻糞ほじって無意識のうちに食べちゃった、てな輩《やから》が人の悪口をズバズバと書いているのだろう。書いたその手は再びズボンにインして鼻に突っ込まれるのである。ようするに鼻糞塗《まみ》れの人間が書いた鼻糞塗れの文章が電気の世界を飛び回っておるのである。だったらはなから文章なぞ書かず鼻糞そのものを電送する機械を作ったほうがよっぽどよろしいと、物凄く不味《まず》い定食屋に入ったもののすでに箸をつけたあとで文句も言えずさりとて食えず、それにつけてもまったく食べないまま出るのも気が引け、ご飯の三分の一を味噌汁に沈め、魚を崩しに崩してなんとなく「ちょっとは食べた」ぐらいの「作品」にしないと店を出れなかった「言エナイスト」の私は思うのである。

でも、あの髪切り事件、とまた話を戻すのだが、「なんであんたセーラー服なの？」と言えなかった人間が、その言えなさのあまり髪を切っちゃったのではないか、などとも考えてしまう私も、やっぱり不躾鼻糞男なのでしょうよ。

編注・二〇〇一年六月、この髪切り事件が起こった。

「ボーッ」の現在

前々回、やんごとなき人々が公道をゆく時に一般のやんごとある（？）人々によって振られるあの小旗はどのようにして入手するものか、という疑問を書いた。書いたら皇居の一般参賀に出席した読者がメールで、あれは公道に並んでいる人たちに親切なボランティア風の人たちが配ってくれるのです、との情報をくれた。つまり「日の丸」はマクドナルドの笑顔と同じ、タダなのである。ボランティア風の人たちがいったいなんのたくらみを持って旗を我々の手に握らせているのかはわからないが（おそらくやんごとなき人を見てあがってしまい、思わず人々がVサインをしてしまうのを防ぐ組織が動いているのだと思われる）、二年以上連載していて私の「コール」に「レスポンス」があったのは初めてのことだ。ありがたい。

そこでこれを機会にかねがねある私の疑問というものを読者の皆さんにぶつけてみたい。『ぴあ』が情報誌だからといって油断していてはならない。たまには「尋ねられてしまう」という危機管理を怠ってはいけない。

さて、ここ数年の携帯電話の発展普及っぷりに尋常でないものを感じるのは私だけではないはずだ。道を一人歩きながら携帯に向かってぶつぶつ喋っている姿なぞは、つい二、三年前ならだらしのない光景と我々の心にカウントされたものだが、この間、家の近くの緑道のベンチに座って行き交う人たちを観察したところ、もはや、十人中五人が喋りながら歩いているのである。十人に五人というのは驚いたことに二人に一人ということだ。当たり前だが、ちょっと凄い。その二人のうち一人が風邪などで欠席すればなんと一人に一人の割合で人は一人で喋っていることになるのである。一人に一人というのは、もう「全員」ということである。私は決して原稿の行数稼ぎをしている訳ではない。「原稿も水増しされるほどに」よっぽどの事態が訪れているということを訴えたいのである。なぜにここまでして日本人は喋らなくてはならなくなったのか。しかも本来なら人々が「ボーッ」とすべき場所である緑道においてである。うららかな木漏れ日を浴びながら、なにゆえ「ちゃんと五万円払っただろ⁉」などという話題でキリキリせねばならないのか。

日本から「ボーッ」が失われつつある。

などという締めで終わるのは簡単であるが、ことはそう単純にはいかない。私の見解では携帯の普及によってむしろ我々は未知の「ボーッ」を手に入れんとしているのである。

それは居酒屋などでよく見かける光景だ。

二人の人間が笑いながら飲んでいる。すると一人の携帯に着信があり、彼は電話に出て新たなる相手と談笑し始める。そして、実際の飲みの相手であるもう一方は、それまでの笑顔がなかったかのようにチューナマ片手に「ボーッ」とするしかないのである。

そんないたしかたない「ボーッ」を、大きな居酒屋においては六組に二組は見ることができる。六組に二組ということは三組に……やめよう。とにかく話の相手がいるのに「ボーッ」とせざるをえない時間というものを日本人は獲得してしまったのである。

そして、この「ボーッ」が、私はかなり苦手なのだ。相手の電話が終わり、何事もなかったかのように先刻の話題をぶり返すのも白々しくて苦手だ。

誰か携帯電話に会話を奪われた相手の時間の過ごし方を教えてくれまいか。飲みの席に、リリアン、ルービックキューブ、紙風船、ブーメランなどの一人遊びの道具を携帯しなければならない日も近いのではなかろうか。

オーイ、俺。

煩雑だ。私の日常は非常に煩雑だ。芝居を打ちイラストやコラムを書きインタビューを受けテレビに出て、それでも毎日酒を飲む。日々の煩雑さに脳がショートしてスパークしてバーストすることもよくある。そんな時、私はたまにトイレの便器を覗き込む。それも危険なほど深く。覗き込み「排泄」とはなんぞや、という不思議に思いをはせ心鎮めるのである。一日の排泄を合わせて一キログラムだとすれば、六十五日で「私一人分」が、その白い空洞の奥深くに吸い込まれ下水に流れ海へとばらまかれ解散し、不細工ばかりでセッティングされた合コンのごとく二度と再集合することはない。オーイ、オーイ。私は時々彼らに呼びかけたくなるのである。オーイ、オーイ。

排泄されなかったほうの六十五キログラムと、海へと解散した六十五キログラム。どちらも元をただせば、幾杯の白米、幾杯の味噌汁、その他、魚、肉、豆菓子、そして大量の酒などのなれの果てではないか。たまたま「私」になったもの。そして「海」になったもの。それだけの違いである。

どっちが偉い。

残ったほうが「正解」で、去ったほうが「間違い」。

ほんとかなあ。三十八にもなって嫁がいて家建てて、そしてそんなことがわからない。

人間が「正解」だけでできあがった生き物だったら、こうも世の中間違ってなかろう。

流れちまったほうに多少の「正解」もあったかもしれない。

中尾……なんだっけ、また思い出せないよ。淋病の淋に似た字でアキラと読む人。彼だったら「バカ言ってんじゃないよ、おまえさん。そんなにウンコが偉いなら、おまえさんが代わりに流れちまいなよ」。マフラーを思う様ねじりながら、そう言うかもしれない。

「間違い」でできあがっていそうな人ほど言葉に曇りがない。それはそれで成立している。

凄く以前私は『悦び組』というミニコミ誌をやっていて、その誌面の両端（「はみだしYOUとPIA」の部分ね）に各界の著名人がテレビや雑誌で喋った言葉の中から、あえて名言でもなく失言でもなく「とってもどうでもいい」と思ったフレーズを拾い、掲載するという試みをやっていた。例えばこんなふうだ。
○やせちゃったんで重いものが持てないんです。……長与千種
○注意して見たら左右の表情が違うことを発見したんです。……篠原涼子
○みんながいいって言うんなら俺もそれでいいけどさ。……大竹まこと
○ピチピチしてましたね。……パンチ佐藤

○椎茸の天婦羅は最高です。……ナディア・コマネチ
てな、按配である。

これらの言葉、それこそウンコちゃんのごとく「排泄物」にほど近い無力にも宇宙の塵と消えた言葉の数々。しかし、彼らも吐き出されるまでは確かに本人の内部にあり、彼の一部だった訳である。無意味であればこそ耐久性もあり、今読んでも、なんだかおかしい、味がある。「人間は考える葦である」という言葉の普遍と「ピチピチしてましたね」という普遍。これらの勝敗をいったい誰が正しくジャッジメントできるのだろうか。マフラーをねじりながら。

オーイ、オーイ。聞きたいことがある。

私は酔って今日も便器を覗き込む。

「私」になりそこなって排泄され「海」になっちまったあれやこれや。オーイ、オーイ。

知りたいのはひとつ。

「本当」の俺は、そっちに行ってはいないよね。

大槻教授と靖国へ

連載終了まであと一回。三年で卒業。長さにおける中学生だ。そのなんていうか中学生が押し出すニキビの勢いみたいなものに背中を押されて、少しだけシビアな問題に首を突っ込んでみたい。靖国参拝。うう。ことがシビアすぎるだけに突っ込んだ首はすぐに引っ込めてもみたい。もう、体の中にめりこむほどに。私のことを亀と呼ぶなら呼んでいい。

しかし、実際のところ、私のような浅学の輩には靖国問題はわからないことだらけだ。戦争の悲惨な物語は、ちと、戦後生まれの私にはあまりにも現実感がなく、さわること自体が失礼な話であり、それが一番大事なのはわかっていながら置いておくとして、すべての問題が「戦争の英霊が、そしてA級戦犯が、靖国に集合している」すなわち「死後の霊魂が存在する」という前提において語られているという点が「死んだら人は朽ちて終わり。あとはなんもなし。ゼロ。シーンとしてる」と考えている私には、どうにもよくわからないのである。だってこれ、私が思うに、「神道」の問題でしょ。当然現代の日本にはいろんな宗教者がいて、キリスト教信者、イスラム教信者、仏教信者エトセトラにとって神社というものはあまりリアリティーのないものなんですよね。もちろん私にとっての神社も、おみくじを売ってたり祭りの時に口の周りを焼きイカやリンゴ飴でベタベタにした子供たちがウロウロしている場所にしかすぎなかったりする訳で。そういう一部の人にしかリアリティーの持てない話で、なんで日本やアジアの政治が喧々囂々《けんけんごうごう》になんなきゃならんのだろうか。だったらサイパンとかに出没するという日本兵の幽霊というのはなんで靖国に行けなかったのか。ここはひとつ、大槻教授あたりに参拝反対派の人を説得してもらうのはどうか。「すべてはプラズマですから」。宜保さんに八月十五日の靖国はどう見えるのか。いずれにせよ、私には、なんだか凄くフィクショナルな見てくれのする論争であることは確かだ。

　さらに問題はやはり小泉首相の「前倒し参拝」という奴だ。八月十三日というのは、いかにも中途半端であり、中途半端であるがゆえに興味深い。八月十七日とかだと、だめだったんだろうな。これだとなんと呼ぶのだろう。「後起こし参拝」か。うん。くだらない。しかし、ずいぶんと叩かれたが難しいと思う実際。ことの是非はともかくどっちに動いたって怒られる、とわかっていながら動かなければならない立場というものはつらい。昔、赤塚不二夫のマンガで、優柔不断な男が、A派かB派かどっちにするの、と迫られた挙げ句「真ん中だ！　俺は真ん中だ！」と逆ギレして、みんなを追いかけまわし「恐怖の真ん中人間」と恐れられるという、凄いギャグがあったが、小泉首相にとって参拝「する」と

「しない」の真ん中が八月十三日という半端な日だったのだろう。あなどってはいけない。神社に行っても行かなくても怒られるという絶望的な状況で「二日前に行ってしまう」という、ちょっぴり「おもしろ」入った行動で活路を見いだそうとしたのだ。首相はこう言いたかったのだ。「絶望に屈するな。希望を持て。悪あがきをしよう」。

そして結局彼はどっち側からも怒られた。

つまり、これは「結局悪あがきは無駄だ」という事実を我々に教えてくれた貴重な出来事なのである。これはジュニアも知ってほしいのである。「竹中直人さんのようなおもしろ俳優か、もしくは高倉健さんのようになりたい」。

もしくは、て。この希望にも前倒しが必要な気がする。どうだろう。わがままを言わず、よくわからんが大杉漣さんあたりでなんとか手を打ってもらえないだろうか。

編注・連載では松尾スズキが北九州の実家を訪れ、彼の子供時代について母と語らう企画が最終回を飾った。

・小泉首相の靖国参拝は、二〇〇一年が八月十三日。その後は〇二年四月二十一日、〇三年一月十四日、〇四年一月一日、〇五年十月十七日、〇六年八月十五日。

特別編

①やましい探検隊イン・コリア

②讃岐の饂飩《うどん》のエクスタシー!!

特別編① やましい探検隊イン・コリア 1

『これ日』韓国スペシャル――――!

キムチ食いてえええええ! オンドルあったけえええええ! あと、チョゴリってどこからが腰――?

という訳で連載五十回突破記念というかご褒美というか担当Aの個人的暴走というか、Aを含め誰一人事情が呑み込めないままに突如『やましい探検隊』というものが組織され、私、A、デザイナーOの三人はたいしたテーマも持たぬままに韓国一の大都市ソウルに向かったものだった。まあ、もっともらしい理由もあるにはあって、一応日本人の「小さみ」をサディスティックにほじくりかえし、かつ「でも……そこが好き。もっと、嗚呼、小さけれ小さけれ」とマゾヒスティックに肯定してゆこうというこの連載、日本の中だけで考えていては公正を欠くじゃあないかと、かといって白人だらけの国へいきなり旅立っては私の白人コンプレックスに拍車がかかり逆上するばかりで冷静な原稿にならぬと、であるならば、我々日本人に最も似た顔を持ち、かつ複雑微妙な歴史関係を持つ「近くて遠い国」韓国に行ってみスミダ。行ってなんとなく考えてみゴスミダ。といったようなこと。であるが、例によって打ち合わせと下調べが大苦手な私だ。『六本木外人定点観測隊』の時のような、もしかしてただの飲み会？　みたいな、グダグダな状況に陥る可能性は充分すぎるほどにあって、私のマネージャーですら当日まで「楽しいレジャーである」と「おいしい焼肉食べてくださいね」と認識されていたほどの激ヌルな取材になるのは見え見えであった。まあ、仕事だろうが遊びだろうが韓国に行くかぎり焼肉は食わざるをえない宿命なのであるが、とにかく我々は海を越えガーリック臭ほの香るなんだか食べたらうまそうな名であるキムポ空港に元中耳炎児で気圧にひ弱な私に優しい耳痛防止グッズ『イヤープレーン』の助けを借りつつも「ハセヨ」「もっとハセヨ」と降り立ったのだった。

降り立ってびっくりしたのはまずそのなんとも日本の皆さんウエルカムな雰囲気だった。ソウル一の繁華街ミョンドンを一歩歩《ぽ》けば禁制のはずの日本語CDが街頭で平然と売られ、二歩歩《ほ》こうものなら「どうですか？　日本の方ですか？」と話しかけられる。テレビでは『GTO』吹き替え版なるものも流れ、反町のまくしたてるハングルなんてのも聞ける。実は七年前にも私はソウルを訪れているのだが、どうも、あの頃より「ウエルカム度」が二、三度アップしているようなのである。これや善し。しかし、なぜに、たいして変わらぬ顔であるのに我々は『これぞ日本の日本人』であることを道ゆくオモニやアボジに見抜かれるのだろうか。試しにガイドのソンさんに「三人のうち誰が一番日本人ぽいですか？」と聞けば迷わずソンさん私を指差す。そうか、そうなのか。俺はやはりこれぞ日本の中の日本人なのか、と感慨に浸るが「そんな帽子被ってる人韓国にはあまりいません」とのこと。あと髭も。なあんだというか、さもありなんというか。にしてもやはり、我々は韓国顔とは「なんか違う」のだそうな。

それはなんぞや、などと考えつつ迷わず焼肉屋に入ると、間髪いれず我々は「これぞ韓国の韓国人」つう感じの好男子キムさんと強烈な出会いを果たすのだった。

編注・二〇〇四年一月、韓国での日本語の音楽CD、ゲームソフトなどが解禁になった。
・『GTO』は藤沢とおる作の人気漫画。反町隆史がドラマ版、映画版も主演。

特別編①　やましい探検隊イン・コリア２

ちっちゃな頃から悪ガキで
さわるもの皆キム・デジュン

のっけから何を言っているのかわからんが、とにかくミョンドンの街を我々『やましい探検隊』が歩くと、何かと道ゆく若い男がキム・デジュン大統領的韓日開放笑顔をたたえつつ気軽に声をかけてくる。「煙草の火を貸してくれ」だの「俺はかつて日本にいた。是非、友達になろう」だの（ちなみにどうでもいいがソウルのハンサムは椎名桔平似）。それがリーゼントにアロハシャツ姿であったりシルクハットを被っていたりと見た目がわかりやすくうさんくさい人間であれば「なんだ観光客目当ての客引きか物売りであろう」と警戒もできるのだが、いずれも子犬や汽車のイラストが書かれたかわいいＴシャツにＧパンという「自宅なの？」というほどにカジュアルな格好をしているので、意図がはかれぬままに曖昧なアルカイックスマイルを浮かべつつ我らはやり過ごす。

ともあれ腹が減っていた。

ままよ、と勘で入った路地裏の焼肉屋はかなりな大当たり。骨付きのカルビをほどほどに焼いたところでオモニがハサミで一口サイズに切り、サンチュに辛味噌、針みたいなネギ、スライスニンニクなどをのっけたもので巻いてザブリと食べる。んまいのよ、これが。あと、ソウルの御飯屋ではたいていそうだったが、白菜キムチ、カクテキ、水キムチ、ポテトサラダなどは頼まずとも「当然のメンバー」といった面持ちでサービスなんだかどうだかわからんがテーブルにズラリと並べられる。色とりどりの小皿が所狭しときらめく様はほとんど「お誕生会」である。で、このキムチまわりの連中がまた、すごい、んまい。もう、んっごい、んまい。そろいもそろって汗っかきの我ら三人がサウナでの勢力争いのごとく汗しぶきをあげながら「うごい」「んまい」「がらい」とグルメレポーターであれば即クビであろう工夫ゼロの賛辞をあげていると、いつ座ったか隣の席で辛そうな鍋を一人すする青年が「日本の方ですか?」とまたもや声をかけてきた。

「私は、早稲田大学に留学していました」

流暢《りゅうちょう》である。ソウルに来て一番の日本語を聞いた、とまで言ってよい。歳の頃なら三十三、四。ケイン・コスギに鼠をまぜたような好男子(よくわからん)で「私はキムといって、ソウルの携帯電話の会社に勤めています。仕事帰りに一人飯を食っていたら懐かしい日本語に出会ったので、つい声をかけてしまいました」のだそうな。これは心強い。実は空腹が満たされビールにほろ酔った我々は、「韓国で流行っている芝居でも観てみるべえ」という真面目話と「それはともかく女の子のいる店に行きたいね」という不真面目話で揺れ動いていて、さっそくキムさんに「そういうのってご存じか」と聞いてみる。

「芝居は興味ないね」

キムさんはそっけなく答えて煙草に火を点ける。「じゃあ何に興味あるんですか?」。デザイナーOがすかさず聞くとキムさんは煙を吐きだしニヤリと笑ってこう決めた。

「女ね」

もう一度決めた。「女が最高ね」

韓国に来て数時間にして御当地のエロ話が聞ける! 暗黙のウチに了解した我々はこの僥倖《ぎょうこう》を逃してなるかと焼肉のことはすっかり忘れて身を乗り出したのだった。

編注・キム・デジュン(金大中)は、韓国の元・大統領(一九九八年二月～二〇〇三年二月在職)。

特別編① やましい探検隊イン・コリア 3

来韓初日にしていきなり御当地エロ親父のエロ話炸裂！
「ベトナム女の○○○は○○○だから、○○○のにおいがするね！」
書けるか！『ぴあ』で！ いくら俺でも！

ともかく、しかし、文化の違う人間同士がサクサクとこなれるにはエロ話が一番であることを、尊敬する根本敬師の教えで熟知している私である。「キムさんは男前だからさぞかしいろんな女泣かせたでしょう」だの「日本の女だったらほっときませんよ」だの「キムチパワーでガンガンいくのでしょう」だのと（日本での私のキャラクターからはとても出てこないボキャブラリーなのだが）おだてあげると、まあ出るわ出るわ。とにかくこのおっさん風俗が大好きで早稲田大学で何を勉強してたのか知らんが、在日三十七年の私の百倍は歌舞伎町界隈の風俗に詳しいのである。

「日本の風俗で行ってないのはＳＭだけね」

そう言って新宿のコスチューム系イメクラの名刺までくれる。「ここサービスが最高ね」て、なんでソウルくんだりまで来て日本の最新風俗情報を入手しているのか。我々はその意味の呑み込みづらさに脳味噌がクラクラしながらもキムさんの話を聞いた。聞けばこの人旅行が大好きで世界中を巡り風俗を研究しているという。

「ロシアの女、タイの女も最高だけど、でも、これだけは言えますよ。なんと言っても素晴らしいのは韓国の女ね」

「そうですか」

「韓国の女、顔が綺麗。肌が綺麗。性格がいい。そしてナイスバディね。あなたたちもメロメロね」

結局お国自慢か……。

そう言えばミョンドンの街を歩いていて気になるのは女の子たちのグレードの高さである。化粧の仕方がうまくなったのか、とにかく七年前に訪れた時に比べ女性のみてくれが著しく向上している。長いストレートヘアを真ん中で分ける『メーテル』っぽいスタイルが流行だ。これもキム・デジュンの開放政策のおかげだろうか。わからないことはキム・デジュンのせいにしつつ、「先輩たち、まだエッチなお話ししましょう。先輩たちエッチな話好きね（おめえだろ！）」と妙にノリノリになってきたキムさんに連れられ、焼肉屋を出て、隣の喫茶店で韓国特有のうっすーい珈琲をすすりながら彼の武勇伝に耳を傾けるのだった。もう、この時点でもちろん韓国の芝居を観に行くなんつう二枚目な目的は遥か彼方に忘れ去られている。「これ、仕事で来てるんすから」。三人いて誰一人としてブレーキをかけないのが情けなくも頼もしい。

「私、彼女二人いるね」。おもむろにキムさんは財布から二枚の写真をとりだす。

「性格いいのと、ナイスバディのと」

持ち歩くなそんなもん、と思いつつも「いいっすねええええ」

「でも、素人もいいけど夜のソウルもいいよ」

「夜のソウルっすか」

「今から一緒に行くか？　あなたたち一緒に行くなら私も遊ぶよ」

ううむ。一緒に行くかどうかはともかく、「夜のソウル」というポマードべったりムード演歌な言葉に我々探検隊のやましさは一気に臨界点に達してしまったのであった。

特別編①　やましい探検隊イン・コリア　4

ビバ！　南北統一！　でも、キム・デジュンとキム・ジョンイルのハグ写真はどうしてあんなに中年ホモビデオっぽいの？


「夜のソウル！」

デザイナーO（色黒）が叫んだ。

「……夜のソウル」

松尾（はげ）がため息しながらつぶやいた。

「ヨルノソウル」

担当A藤（貧相）が深くうなずき、テーブルを指でなぞった。

七年前にソウルを訪れた時は男女混合の旅だったゆえ非常に健全なソウルしか巡らなかった。しかし、今回の我々は何をさしおいてもやましいのである。

「夜のソウル」

そんな蠱惑《こわく》的な言葉に惑わされない訳がない。いや、むしろ積極的に惑わされたい。惑い二十％増量でお願いしたい。三人は言葉にせずともお互いの気持ちを瞳やしぐさや声色で確認し合った。にしてもA藤はともかく、デザイナーOとは殆どこの旅が初対面の私だ。何ゆえここまで話が通じるのか。「夜のソウル」という言葉の持つ底力といったものに深く感慨する私なのである。

キムさんは女の裸が彫られたどうしようもないジッポを「これ、高いよ」と見せびらかしながら言った。

「夜のソウル。SM以外なんでもありね」

我々は思わず笑った。なんだろその笑いは。何かがおかしかった訳じゃない。道でかわいい子犬を見かけたら笑うでしょ。あんな感じ。「目にご馳走もらった」みたいな。そう。その時我々は「耳にご馳走もらった」のである。

「女の子横につく店。歌って飲んでエッチなことしていい店。いろいろね。あ、ソウルのカラオケ、エッチね。女の子、一人に一人ずつつく。おさわりもちろん自由。どこさわっても自由。交渉で店の外に連れ出す、自由」

なんて自由に溢れた街なのだろう。そして、どんどんキムさんの「早稲田出身」が嘘臭く思えてゆくのはどうしてだろう。

この時点で私が心に描いた韓国のエッチな店というのは、なんというのだろう、日本のキャバクラとピンクサロンの中間みたいなものだろうか。一度だけ東京でそれに近い感じの店に行ったことがあるのだが店全体のテンションが異様に高く途中で疲れてしまいホステスの「松尾ちゃん。消えかかってるよー！」の言葉に撃沈した私だ。しかし、ソウルでなら！　というなぜか根拠のよくわからない確信があった。

「なんなら私一緒にいくね。案内するね」

しかし、我々は何かというと「一緒に遊ぼうとする」キムさんに正直ちょっぴりうざさも感じ始めていた。それにガイドがいては探検隊の面目が立たない。そこで、とりあえず「そういう街」の名前だけを聞き出して、キムさんと別れることにした。

キムさんは我々に携帯の番号を教え「なんかあったら電話して。今夜は暇ね。いつでもかけつけるね。明日は半ドンね。夕方からＯＫね」。そう言い残すと今までのひとなつっこさが嘘のように踵《きびす》を返し、あっという間にミョンドンの街並みに消えたのだった。

さて、次回。いよいよ「そういう街」というのが「どういう街」なのかをとくとお聞かせしたい。否！　聞いてほしい！

ううう〜っ。ブルブルブル。


編注・冒頭の出来事は、二〇〇〇年六月十五日。

特別編① やましい探検隊イン・コリア 5

女パ————ク！ 半裸の女の群れがこぞってなんだか挑発してくるパーク。世の中にパークは数あれど、健全な男子なら誰もが夢想するパーク。おう！ 女パーク！
そんなパーク。見っけ！ 見っけたら、……恐かった。

つう訳で我々やましい探検隊は、キムさんの口走ったオーパルパルという非常にやましそうな街にタクシーで乗りつけることになった。誤解を受けないため断っておくが翌日我々は真面目にもソウルの演劇を二本も観たりしている。この年間演劇ベストテンを選べと言われて初めて一年に八本しか芝居を観ていないことに気がつく演劇人が一日のうちに言葉のわからない芝居を二本も観るという、並はずれた真面目さも発揮しているにはいる。まあ、そうせざるをえないほどにその夜の我々がやましすぎた、やましさの臨界点を超えたせいかもしれない。

ここでソウルのタクシーについて触れておきたい。ソウルのタクシーはメーターもキチンとしていて陽の明るいうちは日本のタクシーとほぼ変わりない。「模範タクシー」と普通のタクシーがあり「模範」の方が割高の分なんか「いい感じ」らしいが他の二人にヘラヘラくっついて乗ってただけの私にはその違いはよくわからなかった。ところが夜中になると模範も普通もなんだか「やな感じ」に豹変する。バンバン乗車拒否をするのである。行き先を告げるや「近い」となるとプイと通り過ぎる。値段もあってないようなものになり交渉次第みたいなことになってくる。「他人と相乗り」というのも当たり前で、もめると途中で「降りてくれ」ということになる。言葉の通じない外国人にとっては、もうなんか凄く疲れる乗り物になるのである。一度私は真冬の夜中にタクシーがなかなかつかまらなくて寒さと疲労のあまり、一緒にいた女の人と「つい付き合ってしまった」ことがあるが、ソウルの夜の町にはそんな「乗車拒否カップル」がうようよいるのではなかろうか。乗車拒否ベイビーとかもいるのだろうか。

　ともあれオーパルパルだ。タクシーはオーパルパルに着くや極端に速度を落とし始めた。街には百メートルくらいのまっすぐな路地がいくつも並んであって、その路地の一つ一つが夜中だというのに煌々《こうこう》と怪しい光を発している。建物はすべて一階建てであり四角い部屋が長屋状にズラリと一列に連なり、路地に面した部分は総ガラス張りだ。まあ、デパートのショーウィンドーだけが道の両側に延々と続く路地を思い浮かべていただきたい。

　そのショーウィンドーの中に、いるのである、女が、一人ずつ。ほとんどの女はほぼ半裸であって、TRFで踊っている二人のような風体と言ったらおわかりだろうか、でもって、TRFより遥かにレベルの高い若い女たちがガラスにへばりついて、タクシーで通る我々にウインクだの投げキッスだの意味不明なセクシーポーズだのの媚び媚び攻撃をしかけつつ、「全部一緒」「ドコニ入ッテモ一緒ヨ」「誰デモ一緒ヨ」とポジティブなのかネガティブなのかよくわからん売り込みをかけてくるのである。それがもう、延々続く。

違う。我々は目配せし合うのだった。こんないきなり超プロフェッショナルな現場に送り込まれても……。我々はぁ初心者であってぇ。演説したくもなる。もっとこう、適度なやましさを。

我々日本人は尻尾をまいてその町を退散したのだった。だって恐いんだもん。

特別編① やましい探検隊イン・コリア 6

ソウルの娼婦は屏風に上手にソウルの娼婦の絵を描いた。

何を言っとるんだ。

ソウルの娼婦は「誰でも一緒。どこでも一緒ヨ」と我々に叫んだ。ソウルの市場に行けば物売りのおばちゃんたちは「どの店でも一緒。どこでも一緒ヨ」と声をかけてくる。流行っているのか「どこでもいっしょ」。

そんなような訳で我々は恐怖の女サファリパーク、つうかはっきり言って身も蓋もない売春街オーパルパルを後にして、とりあえず胸の動悸を鎮めるためにカラオケにでも行こうかと（よくわからん理由だが）、なんだかビッカビカにネオンの光るそれらしき店に潜入したのだった。で、入ったらもっと動悸が激しくなったのよ、これが。入り口には梅宮辰夫を梅宮辰夫から取れた油で揚げたようなギトギト系ダブルスーツ男がいて、我々を見るや「どうもどうも。どもどもどうも」と調子がいい。調子がよすぎてかなりヤクザ臭がして恐い。というか韓国の繁華街の夜はなんとなく、みながてんぱってる感じがして基本的に恐いのであるが。店内は生バンド入り女の子つき、女も客も若者はほとんどいなくて、昔の日活映画に出てくる宍戸錠とかが飲んでる高級クラブのような感じの店で、で、言葉がまったく通じない、といったらおわかりいただけようか。言葉が通じない。考えてみたら海外に来ているのだから当たり前だ。今までがあまりにも通じすぎた。それに甘えていたのか。とにかくコミュニケーションがとれん。英語も通じない。メニューもオールハングル。とりあえず一番安い(それでも三千円也)おつまみを指差し、それとビールを注文したら、イチゴと葡萄が来た。葡萄とビール。かなりつらいものがあるが、席についたホステス、つってもかなりなオモニ(お母さん)は、食え食えとやたら私の口に葡萄を突っ込みステージを指差し歌え歌えと迫る。どう考えたって我々に歌える歌があるわけないだろうっていうのな(カラオケボックスなんかに行くと日本の歌もあるらしい)。次第になぜか店中のものが注目しだしーの、バツも悪くなりーので、結局お互い「どうも」しか言わずほうほうの体《てい》で店を飛び出した。

「なーんか、やましさ中途半端っすよね」

我らはミョンドンに河岸を移し煮え切らない思いで街を歩いた。この街はセックス・オア・ダイなのか。俺らはソウルのおねーちゃんとちょっとだけ艶っぽい国際交流をもちたいだけなのな。

そんな我々に暗がりで突然声をかける爺さんがいた。

「私、デパートのお土産屋にずっといたから。日本語できるね。私、女の子紹介もできるね」

もはや道で声をかけられることに慣れっこになっている私らはただちに交渉に入る。

「飲んでる席に女の子呼べるの？」

「呼べます。呼べます。飲んで喋る。七千円ね」

七千円。どうするどうする。相談もしないうちにデザイナーのＯが手を直角に挙げた。

「い、行く。行く行く行く！」

さあ、次回はいよいよ最終回である。

浮かれる我々を果たしてどんな運命が待ち受けていたのだろうか。

いやあああああああああ！

特別編① やましい探検隊イン・コリア 7

うっかり締め切り忘れてパチンコしてたらA藤から催促電話。フィーバー中なるも慌てて換金所に行ったら中でおばはんが一心不乱に写経。これは私にも写経が必要という暗示か。

さて、ポン引きの爺さんに声をかけられる頃には私もデザイナーOも担当A藤も疲れが極限を超え逆に元気になっていて、かつまた先ほどのパブでまったく通じなかった言葉がここではいかんなく通じることにホッともしていた。

「カラオケに女つける。七千円。その後、連れだしてもいいね。その時は、もう一万円」爺さんは言うのだった。

「連れ出す?」

「あとは、自由。あなた方の泊まってるホテルに行く。自由。もう、好きに、自由」

おお。再びソウルの夜に自由のともしびが。

しかし、ま、一応我々は全員妻ある身である。マックスを振り切ろうとするテンションをグッと押しとどめ「じゃ、飲むだけで。それは何、我々の行く店に連れてきてくれるの?」と聞けば「いや、私の知ってる店行きましょう。三分で着きますから」。爺さんはそう言うやもう、ひとりで暗い小道をズンズンと歩き始めるのだった。で、十分後。我々は「怪しさ」を蝙蝠《こうもり》のだし汁で煮染めたような地下の薄暗い十坪ほどの店に連れ込まれた。店内にはカラオケのラの字もなく、ＢＧＭすらもなく、日本人らしきズルムケ親父が二組ポツリとテーブル席に所在なげに座っている。我々は奥のボックス席に通され、通されたらすぐにヤクザがにこやかに現れた。彼は韓国で耳にした中で最も流暢な日本語でこう言った。

「まずこの爺さんに案内料一人二千円ずつ払ってください。でないと彼、帰れないから」

さらに奥の暗がりには生まれた瞬間から殴られ続けたような芸術的なほどに破壊された顔を持つ別のヤクザが目を光らせている。払わない訳にはいかない。「女の子すぐ来る。横に座ったら一人七千円あげてください。よかったよ、私がフロで。勘定しっかりしてる。最近タチの悪い素人ポン引きいるね。早稲田大学に留学していた、友達になりましょう、なんて言いながら近づいてくる」。我々は顔を見合わせた。キムさんじゃん。「ついていったら最後。十万円以上ぼったくられるね。払わない。殺されるね」。我々は愕然とした。あんなにいい人っぽかったのに。こ、殺さないで！　Ａ藤がたまたま撮ったキムさんの写真を見せるとヤクザは吹き出した。「これこれ！　この男ね！　ほんとよかった相手が私で。プロは無茶しない」。ヤクザはしきりにキムさんの悪口を言いながら「じゃあ、女の子代七千円と紹介料を私に一万円ください」と、我々から合計五万一千円受け取って席を立った。帰りしな「キムは訴えられないね。アメリカ人、すぐ訴える。日本人黙ってる。だからキムが狙うの日本人だけ。相手が私でホントによかった」とニヤリと笑った。

その後すぐに、リン、パク、チョン、三人の若いアガシ（娘）が現れ隣に座る。座るなりすまなそうな顔で三人はこう切り出した。

「スミマセン。ビジネスの話していいですか？　さっきのお金。私たちに入らない。私たちの置き屋のママに二万円。私たちの収入に一万円。合計三万ずつ。みなさん払ってください」

三人は本当にすまなそうな顔で我々の目を覗き込んで、さらにこう言うのだった。

「でないと、私たちもあなたたちも、帰れないのですよ」

嗚呼。夜のソウル。夜のソウルはまだまだ長い、長くて恐くてそして、暮れなん。

特別編② 讃岐の饂飩《うどん》のエクスタシー!!

どうも私は「のど越し」にグッとくる食い物が好きなんだなあ、と常々思っていたのである。のど越しの王様と言えばとかくビールなんだけれど、そのことについては多くを語りたくない。というか椎名誠さんが多くを語りすぎているので私には語るべきことがない。男の子ならば一等賞を目指すべきだろう。のど越しの一等賞になるんだ、レポートで俺は。

で、語るべきことは饂飩に、多々ある。

私は饂飩が昔むしろ嫌いだった。母の作る饂飩が異様に不味《まず》かったのである。トロロコブの入れすぎで妙にすっぱかったし、あるからといってサツマイモなんか入れてほしくなかったし、何よりスーパーで買ってきた袋麺はコシがよれよれでぶつぶつと切れ、食感が気色悪かった。よって食卓に饂飩が出た日は、結構「切れ気味な日」とカウントされてきたという歴史がある。それに饂飩という文字のデザインの洗練されてない感じも嫌だ。「饂」なんて字よりも絵に近い。文字に体育の時間があったら「今日は見学させてくださいい」って言うと思う。饂も飩も。

しかし、東京に来て初めて「讃岐」と呼ばれる種類の饂飩を食って、そう、グニュグニュと口中に訴えかけてくるあの官能的な麵の快楽を知り、私の饂飩観は変わったのだった。なんだあの食感は！　と。以来私は饂飩の奴隷だ。うまい饂飩を食う用事があればたいがいの人に嘘がつける。もう普通に「打ち合わせで」とか言っちゃう。饂飩なのに。

だが、しかし。しかしなのである。「東京の讃岐？」と聞くや首をすくめ両の手のひらを見せ白人みたいなポーズをとる輩がいる。香川県出身のやつらだ。あやつらの饂飩に関する選民意識たるや戦時下のナチスをうわまわるという。とにかく「東京の讃岐なんて、讃岐の讃岐じゃない」らしい。考えてみれば当たり前だ。当たり前だが、そんなに言うなら香川に行ってやろうじゃないか。行って食ってやろうじゃないか。

てなわけで急遽ぴあ関西版編集長で絶えず何かに切れている短気男で、通称「アリエヘンA藤」と私は「饂飩決死隊」なるものを結成し、本場の饂飩と刺し違える覚悟で四国へと向かったのだった。死ぬ気で食おうと。食えるだけ食おうと。

東京から朝七時五十三分ののぞみに乗り岡山で下車。車体に桃太郎が描かれた不思議なピンク色の列車瀬戸大橋線に乗り継ぎ、海を越え、生まれて初めて私は四国という土地に降り立ったのである。高松じゃ、ちょっと歩きゃ饂飩屋、ふっとふりむきゃ饂飩屋。さすが饂飩県饂飩町だ。もう、県名も町名も忘れた。「この県、好き！」そう叫んで駅前の饂飩屋に飛び込もうとすると「ありえへん！」とA藤。「なに『お手頃』なことしてまんねん。高松来たらもっと足つこてディープなとこ訪ねて食わなあきませんて」
で、我々は琴電というかわいらしい電車に乗り、車中荒川良々《よしよし》そっくりの高校生男子やホットパンツのおっさん（一月だぞ）などを目撃しつつ陶《すえ》という町に着いたのだった。陶は、町というにはあまりにぞんざいな、かといって村ほどに素朴にもなりきれてないような、ムラとマチの真ん中のムチとでもいうような、とにかくなんでもない所であって、我々の目指す、「座席数1」という謎の饂飩屋『赤坂』は、そのムチの真ん中に孤独なたたずまいでポツネンと存在していたのだった。でもって「赤坂治療院」という看板が同じ店舗に掲げてあるのもなんだか謎を深めるのだった。店に入ると我々を出迎えたおばさんは「食ーべてってねーん」「まーたきーてねーん」と、すべての言葉が赤塚不二夫の漫画に出てくる「レレレのおじさん」の喋りのトーンと同じグルーヴ感を醸しているいい湯加減の方で、どんぶりは「自分でもーってってねーん」、ネギは「はさみで切ってってねーん」、食べたら「かーたづーけてねーん」という「ねーん」の国から来た娘みたいな按配で、我々をいきなり不安定な精神状態に追い込んでくるのだった。で、食った。セルフサービスで食った。一口飲んだ。出汁《だし》は正直ちょっとしょっぱいなと思った。思ったが、もしかしたらおばさんの「その日の気分」で違うことになってるんじゃないか、という怪しさもあった。びっくりしたのは麺だ。やられた。最初ぶつぶつ切れやすい麺だなあ、なんて思ったのだが、なんだか口の中でそのちぎれた麺がブルタタタと踊るのである。ちょっとこれは今まで経験したことのない食感だぞ。なんか冗談みたいな麺だ。

おもしろい！

これはうまいというよりおもしろい。数人の客がいたがみんな立って食っている。一席だけある椅子には誰も座ってない。多分おばちゃんを含めてこの店も麺もおもしろすぎて、座ってられないのだろう。そのせいかみんなゲラゲラ笑いながら食っていた（幻覚）。

感想。『赤坂』の饂飩は「おもしろい」。レレレのおばさんに「まーたきーてねーん」と手を振られながら我々は確信したのだった。値段（しょうゆ）百円、（だし）百二十円也。

その麺も腹でこなれぬうちにタクシーで向かったのは『宮武』という人気店。これも見事にまあ周りに何もない田圃《たんぼ》のど真ん中にポカーンとあるわけだが、中に入ると客でビッシリ、店の壁は有名人のサインでビッシリ。ダチョウ倶楽部が「うまいので、訴えてやる！」と書いていた。「熱（麺）熱（出汁）」

「熱（麵）冷（出汁）」「冷（麵）冷（出汁）」等、好きな温度のスタイルを選ぶことができ、客は食いたい饂飩と名前を紙に書いて行列に並ぶ。店の隅には天ぷらが山盛りになっているコーナーがあり、それぞれに「赤天」「白天」「丸天」とあるが、まあ、よくわからない。我々は座敷に上がって待っていたのだが、背後にはテレビ、鉛筆削り、贈答品の空き箱などが散乱し、物凄く「住んでる感じ」を醸し出しておる。また、おもしろいのか！と思ったが、食ってみるとおもしろくもなんともない。つうかおもしろくなくていい。うまい！『赤坂』の麵はワン・アンド・オンリーな感があったが、『宮武』の麵は、わかる！私のおいしさの歴史「おい史」にビシッと刻まれるわかりやすさに、後のことも考えずにザブザブとすすりにすすった。天ぷらは物凄く不味かったが、そんなものはこんなうまい麵を食った罰だ、と思った。コーヒーを飲むと眠れなくなるように、『宮武』の饂飩を食うと不味い天ぷらを食わなければならないのだ。例え方がよくわからない。値段（かけ）二百三十円也。

短時間の間に二杯の饂飩をたいらげた我々は腹ごなしに金比羅山に登ることに。やあ、登りに登ったり七八五段。途中犬の人形の背中におみくじが入っているというものを見つけ引いてみると大吉なり。実は昨夜韓国料理屋で犬を食ったばかりで、そんな俺に大吉を出すとはやっぱり犬は偉大だ。山のてっぺんから観た讃岐富士は絶景の一言だった。しかし疲れた。

腹もこなれたところで、さて、今日の仕上げに、と食った『川福』の饂飩すき（二千九百円）。これについてはすいません。語りたくありません。麺を食う時は麺のこと以外は考えるべからず、というのが饂飩食いの正しい姿勢である、ということを学んだということだけです。「すき」が余計だった。

翌朝、ホテルを出て『丸川製麺』へ。ここは文句ない絶品のうまさだった。出汁も私好みの薄味だし、麺は見た目も艶があり、口中に入れてもヌルヌルとのたくり、その艶を失わぬ。嗚呼。すけべな麺だ！　作り手のおっさんおばさんの前で麺の官能にのたうつ気持ち悪い私だった。値段（かけ・小）百七十円也。

いい讃岐饂飩は口の風俗である！

これが今回の旅の結論！　ああ、大人っていやらしい！

二〇〇一年度版・単行本あとがき
言いたいことはヤシの実の中

どうも。読みおわりましたか?

みなさんがここを読んでるってことは、みなさんの作業としては、もはや最終段階に来ているって話なんだろうけど、松尾はまだこの文章を書いている時点で、これ、この本読んでません。あとがき、っつっても大分作業は残っていて、本を出版するにあたって著者校なる作業があるんですね。作者が全原稿に目を通してアカを入れるっていう。そういうのがズッシリと仕事としてあります。でも、あの作業ってなんかね、味でいうと「甘い」んですね。もはや苦しい苦しい「創造性」ってものが必要とされないし、なんていうんですかね、あ、この句読点とったほうがスッキリするな、とか、あとから、こういう言い回しの方がギャグとして成立する、みたいな感じで書き替えたり。なんか言ってみれば「ズル」が利くわけですよ。後だしジャンケンなんですよ。映画の編集作業にもちょっと似てるかもしれない。それがまあ、私が生業としている演劇とは一線を画するところでありまして、演劇っていうのは、もう、やったらそれっきりですから、間違えたら間違えっぱなしですから。もう、バカのお使い。行ったら行きっぱなしって話。本を書くのは、ちとつらいけど、そうやってたまった原稿をいじくりまわし、装丁を考え、あれやこれやで一冊の本になると。で、ズシリと手にとって見ると。なかなかにこれは芝居では味わえない感慨があるものなのであります。芝居はね、わたし、いつも出演してますから自分の仕事自分で見れませんもの。

そんなことで、わたしは、いろんな人に「松尾さん芝居以外のことに力入れすぎ」と言われつつも、こうして本を出し続けているわけであります。今回でちょうど十冊目。演劇ぶっくから出している小さな戯曲集を入れると二十二冊目というやたらな数になります。一冊原稿用紙で平均三百枚として総量六千六百枚と。多いのか少ないのかようわかりませんが、とにかく六千六百枚原稿を書いてるってことは、なんか言いたいことがある奴って感じがします。ひしひしと。しかし、みなさん、驚くなかれ。わたしは断固言いたいのです。

「わたしはね、言いたいことがないんです」

ほんとに。

特に言いたいことがない切なさ。

わたしはそういう十字架を背負った表現者なのです。

言いたいことをつらつら書き連ねた六千六百枚に比べ、言いたいことのない六千六百枚は重い。なにしろ、いつも「ゼロ」の状態から書き始めなきゃならんのですから。そりゃあもう、腰にくる重さです。織田裕二は持っちゃいけない重さです。わたくしは間違ったことを言っているでしょうか（田中康夫）。あ、でも、言い落としたことがあって、

「言いたいことがない人間だって黙っちゃいないぜ！」

というかなり無茶な切実は、常にあるのです。

言いたいことのない人間が主張してはいけないという発想、というのは極めてアメリカに負けている気がするのですね。もう、発想ごとアメリカにマウンティングされてますね。はい。やっと、なんとなくテーマが見えてきました。

言いたいことがない人間はこうして探り探りテーマを見つけていくのですね。ええ。わたしに言わせれば、アメリカって国は「言いたいこと」でできてる国なのであります。ニューヨークの道路ってのはアスファルトに「言いたいこと」を混ぜて作られているのであります。摩天楼の鉄骨のビスは「わたしは正しいという迷いのなさ」でできているのであります。ようするに、主張しない奴は、死んでろ、と。ゲラーゥルヒア（あっち行ってろ）と。ああ、戦争に勝った国の言い草だな、とつくづく思います。

「目立つな騒ぐな立候補するな」を家訓に小さく小さく育てられ、小さく小さく生きてきたわたしなんざは、もうそういった発想が窮屈でたまらんのです。主張しないのが恐くて

赤いキツネが食えるか、とまで言ってしまいたいわたしなのです。でも、だまってたって死んでるわけじゃねえんだよ！　っていうのが鋭くあるのです。

戦争で負け、じゃあ経済戦争で勝って、と思ったらまた負けて。でも、この砦だけは守ろうよ、と。

古池や蛙飛び込む水の音。

どうでしょう。この日本文学の主張のなさの美徳。古ーい池があったんですわ。そこにカエルが一匹飛び込んだんですわ。ポチャンとか音がしたんですわ。おしまい。ヘイヘイヘイ！　ソー・ホワッツ？　アメリカ人は大慌てですわ。肩をすくめて両手広げて、何それー？　みたいな。ざまあみろ、っつう話ですよ。我々は耐えられるのだ。結論のなさに。このなーんか「言いっぱなし」の世界に何千年と耐えてきたのです。腰の強さが違いますって。

わたしの作家生活十年における六千六百枚は、そんな感じなのです。言いたいことはほんとうにないけれど、だけど、わたしは書くのです。これ以上アメリカに負けないために。

クラス会で最後まで手を挙げなかった奴の話にこそ宝があると思う。それが日本人に残された最後のロマンっちゅうもんじゃなかろうか。

わたしは世界一何もしてない、か細いか細い、しかし、頑強なナショナリストなのです。

二〇〇四年度版・単行本あとがき

後書きなのである。実際の話、『これぞ日本の日本人』という本に後書きを書くのはこれで二度目なのである。

一度目に、私は言いたいことが特にない作家なのである、というようなことを声高に書いた。いや、そんなこと声高に書くべきことでもなんでもないことなのかもしれないが、とにかく書いた。雲一つない青空に向かって両手を広げ「金くれー！」と叫ぶがごとき開けっぴろげさで訴えた。

なのにまた私は後書こうとしているのである。

話が違うじゃないか、という話なのである。二度も「金くれー！」っつってんのかおまえ、っていう話なのである。

本が出る。後書きを書く。本が出る。後書きを書く。私は十年以上の作家生活の中、酸素を吸って二酸化炭素を吐くように、そうやって後書きばかり書いてきた。しかし、ほんとに皆そんな風に書いているのだろうか。あまり本を読む方ではないので、わからないのであるが、私だけが編集者に「松尾さん、本出したら後書き書くの当たり前ですよ」と謀られているのではないか、という疑問があるにはあるのである。実際おかしな話じゃないか。「この作家の単行本を出そう」と編集者が判断したときには、後書きというものはまだ存在しないのである。つまり、商品として後書きがなくても本というものは「足りてた」はずなのである。

じゃあ俺の本は本当は「足りてなかったのかよ」と、後書きを強要されるたび少し寂しく思うのである。どんなに「松尾さん、この本おもしろいです。絶対売れますよ」と太鼓判を押しても、いざ発行の段階になると「松尾さん、やはり一つ、後書きを」となる。

やはり私の本は不安でいっぱいなのであろうか。

その不安はあながち当たっていなくはない。実際、前回この本を出した時、あんまし売れなかったわけだし。

まあ、いろんな要因がある。

けっこう薄い割にはいい値段だったたし。

装丁のイラストレーターに入稿前にばっくれられて装丁がバタバタで思うものが作れなかったというのも痛かった。

だから、すべての書籍編集者に訴えたい。

後書きを書いても売れないものは売れないんです！

しかし、問題は売れなかった時の後書きの立場である。

後書きというものは基本的にやんぬるかなノー・ギャランティーなのである。

「金くれー！」みたいなテンションではあるが、「金くれねー！」のである。

作家の表現欲は本の内容で充分こと足りているのに、「売るためにぜひ！」と言われ、書き、そして売れなかったりした後書き。

そう、売れなかった本の後書きは、いったいどこへ行くのであろう。

ギャラも派生せず、営業力もなく、ときには読まれもせず、宇宙の片隅にポッカリと浮いた、なんというか「零度の原稿」とも呼ぶべきあの後書きたちは、今、なにをしているのだろうか。

♪（歌を忘れたカナリアはの節で）う〜れもし〜なかったあ〜とが〜きは〜、う〜らのブック・オフにう〜りましょか〜。

私には売れた本と売れなかった本がある。すべての本に後書きを書いた。別に売れたからといって後書きがあったから売れたわけでもない。となるとほんとに後書きの意味がわからなくなる。「人はなんのために生きているのか」と同じくらいの重みで、「作家はなんのために後書きを書いているのか」という疑問が、特に私のように本当になにも言いたいことがない作家にはズシリとのしかかってくるわけである。そんな不具合は長く編集者をやっていれば誰しもがわかっているはずだ。しかし、誰しもがそれをなかったことにして後書きをせまる。

そうか。と私はふいに気がつくのである。後書きの価値。それは、「お気持ち」だ。「気持ちだけでも」という美徳が日本にはある。ありていにいえば、編集者が作家に対して、彼の報酬以上に苦労した時間を、後書きというノーギャランティーな「気持ち」で埋め合わせせよ、と。そう考えれば、すべてにつじつまが合うじゃないか。

思えば私は単行本の後書きで編集者への感謝の言葉を一度も書いたことがなかった。

よくいろんな作家が、「この本を発行するに当たって〇〇さんに尽力していただき感謝」などと書いているが、作家と編集者の立場はイーブンだと私は思っていて、作家だけが謝意を表明するのは変な話じゃないか、編集者だって書くスペースがあれば「〇〇先生にはほんとによく書いていただいて」みたいなことを書けよ、だったら考えなくもない、くらいに思っていたのだが、しかし、やはりそれはあまりにビジネスライクなアメリカンな考え方だったのかもしれない。

「松尾ちゃん、お気持ちが欲しいよ」

どの編集者が、とは言わない。歴代松尾担当の「編集ソウルの集合体」とでもいうべきものが、私に後書きという名の「お気持ち」を要求していたのだ。

担当、安藤、ありがとう。

これが今の私の精一杯の「お気持ち」だ。
どうだろうか。これでもう私はもうすべての後書きから解放されたような気がするが。
切にそうであれ、と願いたい。

解説

天久聖一《あまひさまさかず》
（マンガ家）

二度に亙《わた》るあとがきの後に現れる解説です。みなさんもう充分に松尾スズキ氏の世界を堪能されたことと存じます。本編で爆笑し、特別編で癒やされ、その上二度のあとがきで手厚いお見送りを受け、これ以上なにをお望みになるのでしょうか。その業欲の罰が当たったのかも知れません。あなたはいま満悦の見返りに、素性の知れぬマンガ家の、拙《つたな》い解説文を読まされているのです。ですがこれもなにかの縁、祭りの後の侘びしさは私とて同じでございます。お暇があればあと数頁、お付き合い頂ければ幸いです。

まずは思い出話など。私、先程申しましたように、鳴かず飛ばずで十数年、あらゆる業界の下請けで、糊口《ここう》しのぐギャグマンガ家ですが、それでもこうして本書の末尾を汚しますのは、著者である松尾氏と多少なりと縁ある者だからでございます。思い起こせば幾年月、上京間もない平成二年、バブルと共に過ぎさった小演劇ブームは、既に下火でありましたが、それでも田舎出のサブカル少年にとって、その憧れは絶ちがたく、巷《ちまた》の噂に聞き及ぶ、大人計画いかなるものと、足を運んだ下北沢駅前劇場、初見の衝撃はいまだ忘れることが出来ません。いまでは知らぬ者なしの人気劇団、その作風は森羅万象《しんらばんしょう》あらゆるタブーを、因果ロマンとも言うべき怒濤《どとう》の物語の中に昇華させる手法を得意としますが、当時その趣向は、物語性よりむしろ笑いに冴えを見せ、扱う種は世の負の側面と変わりませんが、野蛮でありながら知的なそのセンスには、独特の色気がございました。またあの頃を振り返り、これはまた松尾氏による別公演ですが、私的に思い出す名コントと言えば、山奥の分校に黒人転校の巻が挙げられます。もう設定だけでも満腹ですが、矢継ぎ早に繰り出される差別ネタの中に、どこか郷愁感じさせる叙情感があり、不謹慎なのになぜか泣けるのが、我ながら不思議でございました。無論、印象それだけに限らず、また公演の度《たび》に進化し増幅する毒と笑いに、デビュー直後のギャグマンガ家の鼻は見事へし折られ、以来あまりに影響受けるの恐ろしく、意識的に遠ざかった数年除いては、観劇&感激し続けている次第でございます。

なんのことは無い、私と松尾氏の関係と申しましても、単なる手前の片思いであったわけですが、鳴かず飛ばずのマンガ家稼業、それでも意地で居座れば、それなりの僥倖《ぎょうこう》にも与《あずか》れるものでありまして、たまには私の作品を評価する物好き著名人も現れてくれます。なにを隠そう松尾氏もそんな奇特な人物のひとりであって、ここ数年では近しい仕事増え、時には電子メール行き交う知人以上友達未満。それでも長年いちファンとしてお慕いする私にとっては、なんとも有り難い心の支えなのでございます。

そんな恩人の文庫解説、断る由もございませんが、恩人だけにいざパソコンに向かうも気負い先走り、頭空回り、お腹《なか》急降下、不整脈、現実逃避にポン酒求めて深夜徘徊、お巡りに呼び止められ職務質問、自分の生業上手く説明出来ず、また重度の鬱状態、せめてこれが本書についての解説ではなく、いま口中にある酢漬けイカについてならどんなに楽かと妄想止まらず、この酢漬けイカは、イカを甘酢に漬けたものである。もしくは甘酢にイカを漬けたものである。以上。翌日モニターに映る酢漬けイカの解説にただ愕然とし、完全ノイローゼ状態。せめてこれが酢漬け文庫本ならと、更に頭はシュールレアリズム、踵《かかと》で踏んだシュークリーム、ネットで調べる六波羅探題《ろくはらたんだい》、ドラムスティックで火の用心、気が付けば全身にうろ覚え写経、これは冷静にならねばと便所で陰部を剃毛し、ようやく導き出した素朴な魂胆は、松尾氏が本書の中で言及されている「恥」についての、ごく私的な解説ならぬ、感想文でございます。

恥。恥。恥。これほど「日本の日本人」を語る上でふさわしいテーマがございましょうか。教会で式を挙げ、墓前では経を唱え、なんならウェディングドレスでお百度参りも辞さないような、宗教観曖昧な今日の日本において、それでもまだ露ほどの美徳があるとすれば、それはやはりこの国が、瀬戸際の意地で守り抜いてきた、恥への自意識に他なりません。日本の恥は、欧米の民たちが自前の神様を盾に、高慢に押しつける罪の意識などより、よほど根深く、また人の情の奥底に訴える感覚だと思います。

しかし最近、日本の恥は欧米の罪に対して、少々旗色よろしくない気が致します。試しにいま罪と恥についての意識調査を、渋谷を歩く金の卵たちに実施したなら、おそらくその結果は惨憺《さんたん》たるものになるでしょう。罪の方が全然クール！　てか恥って恥ずかしくない？　大方の意見が罪支持派に集まりそうな気が致します。たしかに恥は罪と比べて、その文学性、ドラマ性、ファッション性において、多少の遜色《そんしょく》はあるかもしれません。罪が純文学ならば恥は風俗ルポですし、罪が大作映画なら恥はVシネマ、罪がパリコレなら恥はお母さんに選んでもらったパステル色のトレーナーと言えましょう。しかし翻《ひるがえ》れば、そんなライトな自虐性、カジュアルな自責の念こそが、人の日常を支配する、恥の真骨頂なのです。

たとえばあなたが今日、鼻くそをほじった後に髪をかき上げ、日中、前髪に鼻くそをぶら下げたまま帰宅したと致します。そして自宅の鏡でその事実を知ったとき、あなたの頭にまず浮かぶのは、十字架に掛けられた神様ではなく、同じ職場の気になる異性のはずです。罪は神を根拠にしますが、恥は自前でまかなえます。信じる神のいない日本に必要なのは、やはり恥の意識なのです。

そして松尾氏が本書の中で、執拗なまでに日本と、自分自身にまつわる恥の所在を指摘するのは、松尾氏が恥の創造性を熟知しているからに違いありません。人は恥を感じるとき、孤独を知ります。頼る神がいない私たちは、自分の恥を自身で受け止める他ありません。ですがそんな孤独に向き合い、克服する過程において、新しい表現は生まれるのです。表現の本拠を舞台に置き、また自らも役者として活躍する松尾氏にとって、その実感はなおさらだと思います。そして現場で鍛えられた恥への洞察が、鋭い笑いに転化する本書に、私は切ないリアリティを感じます。笑いの本質は笑えない現実の中にこそある。松尾氏の笑いに通底する痛みに、私は共感を覚えます。

私は本書を出来るだけ多くの、日本の若者に読んでもらいたいと思っています。恥を知り、己を知ることが、果てなく伸びる大人への階段の第一歩だからです。

本書は大人計画主宰、松尾氏の恥から生まれた啓蒙書です。間違っていたら、ごめんなさい。

本書は『定本　これぞ日本の日本人』（二〇〇四年／ぴあ刊）を一部修正のうえ文庫化したものです。編集部注も一部修正のうえ、加筆いたしました。

知恵の森

KOBUNSHA

これぞ日本《にほん》の日本人《にほんじん》

著　者——松尾スズキ（まつお すずき）

2007年　5月20日　初版1刷発行

発行者——古谷俊勝
印刷所——萩原印刷
製本所——榎本製本
発行所——株式会社光文社
東京都文京区音羽1-16-6〒112-8011
電　話——編集部(03)5395-8282
販売部(03)5395-8114
業務部(03)5395-8125

ISBN978-4-334-78480-5　Printed in Japan

お願い

この本をお読みになって、どんな感想をもたれましたか。「読後の感想」を編集部あてに、お送りください。また最近では、どんな本をお読みになりましたか。これから、どういう本をご希望ですか。

どの本にも誤植がないようにつとめておりますが、もしお気づきの点がございましたら、お教えください。ご職業、ご年齢などもお書きそえいただければ幸いです。当社の規定により本来の目的以外に使用せず、大切に扱わせていただきます。

東京都文京区音羽一・一六・六
(〒112-8011)
光文社〈知恵の森文庫〉編集部
e-mail:chie@kobunsha.com